기특 지음

발행일 초판 1쇄 2023년 7월 28일
지은이 기특
편집 김유민
디자인 이진미
펴낸이 김경미
펴낸곳 숨쉬는책공장
등록번호 제2018-000085호
주소 서울시 은평구 갈현로25길 5-10 A동 201호(03324)
전화 070-8833-3170 팩스 02-3144-3109
전자우편 sumbook2014@gmail.com
홈페이지 https://soombook.modoo.at
페이스북 /soombook2014 트위터 @soombook 인스타그램 @soombook2014

값 13,000원 | ISBN 979-11-86452-94-3
잘못된 책은 구입한 서점에서 바꿔 드립니다.

숨쉬는책공장 청소년 문학 시리즈는 청소년을 중심으로 너와 나,
우리가 건강하고 행복하게 숨 쉴 수 있는 세상을 꿈꾸고 만들어 가는 문학 작품을 담아냅니다.

라인

기특 지음

차례

1부

2부

3부

4부

1부

1. 경기장에서 쓰러지다

대통령 배 전국 청소년 축구대회 16강 8경기. 국내 프로축구 구단의 스타우터들이 이 경기를 주목하고 있었고, 경기장엔 전국 청소년 축구대회인 것을 감안해도 과할 정도의 관중이 들어차 있었다. 그리고 사람들은 대부분 한 선수의 출전을 기대하고 있었다. 올해 펼쳐진 12경기 동안 5개의 골과 7개의 어시스트를 기록했으며, 골 찬스를 만들어 내는 능력, 즉 찬스 메이킹이 탁월한 열아홉 살의 선수. 173cm라는 불리한 체격조건에도 불구하고 뛰어난 운동신경을 발휘하는 이 선수를, 언론들은 '한국 축구를 이끌어 갈 최고 유망주'라고 표현했다. 그런데 애석하게도 이 선수는 선발 명단에 들어 있지 않았다.

여울고등학교 감독은 전반을 0 대 2로 마치고 나서야 두통을 이유로 선발에서 제외했던 이 선수를 울며 겨자 먹기로 교체 출전시켰다. 무리한 감이 없잖아 있었지만, 역시나 기대에 부응하는 맹활약을 펼쳤다. 이 선수는 중원에서 놀라운 활동량을 발휘하며 팀에 활력을 불어넣었고, 과감한 단독 돌파로 페널티킥을 유도하는 등 만회 골을 얻어 내는 데 큰 공헌을 했다. 이 선수의 출전만으로, 팀 전체의 사기는 급격히 올라간 듯 보였다. 결코 지지 않을 것 같은 분위기가 만들어졌다. 정확히 6분 뒤, 이 선수는 골킥을 따낸 9번 공격수의 헤딩 패스를 받아 주워 먹기로 동점 골을 넣었고 추가 시간, 보답이라도 하듯 동점 골을 어시스트해 준 9번 공격수의 머릴 향해 한 치의 오차도 없는 송곳 같은 코너킥을 배달해 주었다. 골인. 극적인 역전! 종종 이런 각본 없는 드라마가 축구 경기에서 목격되곤 하지 않았던가. 그런데 애석하게도, 이 선수는 경기가 끝났음을 알리는 주심의 휘슬 소리와 함께 경기장에 쓰러지고 말았다.

2. 손을 잡아 주는 이

"너 어릴 때 수술한 적 있지?"

"골수 이식 받았죠."

난 내가 겪었던 이 병이 맘에 들지 않았다. 뭐랄까, 멋이 없달까. 요즘엔 영어로 된 그럴듯한 병명도 많은데, 하필 백혈병이라니. 씁쓸해하며 기사를 읽고 있을 때, 의사 아저씨가 물었다.

"기사가 꽤, 그럴듯하더라. 그치?"

"그러게요."

"백혈병이 무슨 감기도 아니고……. 이상한 댓글 같은 건 신경 쓰지 마라."

이틀 내내 병실 앞엔 기자들이 진을 치고 있었다. 잠깐 들여다본 기사엔 의사 아저씨 말대로 꽤 많은 댓글이 달려 있었는데, 역시나 충격적인 내용이 눈에 띄었다.

'요즘 백혈병은 별거 아니지 않나? 신선한 게 필요해. ㅠㅠ'

'다음 기사엔 반전이 실리겠죠? 믿어 볼게요! :)'

다행히 딱 이틀 후. 한국을 대표하는 유명 선수의 빅클럽 이적 소식이 전해졌고, 덕분에 열아홉 살짜리 투병 선수에 대한 뭇 사람들의 관심은 아주 쉽게 가라앉았다.

"아버지는 안 만날 거냐?"

의사 아저씨는 아버지의 사관학교 동기였다. 사관학교 동기인데, 왜 의사냐고? 입학하고 1년 만에 적성에 안 맞는다고 학교를 뛰쳐나왔다고 한다. 아무리 봐도 사글사글한 인상이 군인을 할 외모는 아니긴 하다. 어쨌든 다시 공부를 시작해서 또 1년 만에 의대에 합격했다고 하니, 머리 좋은 건 인정해 줘야 할 사람이다. 의사 아저씨는 그때 아버지가 아니었으면 자기 인생이 와르르 무너졌을 거라고 했다. 버티고 버텼지만 억지로 견디기엔 군대 문화는 적응하기가 너무 힘들었단다. 심지어 최악의 선택을 할 뻔했는데, 그때 흔들리는 마음을 잡아 주고 용기를 준 사람이 우리 아버지였던 것. 덕분에 퇴교 후에 아르바이트와 학업을 병행하며 의대 진학까지 해낼 수 있었다는, 아주 영화 같은 이야기를 내게 곧잘 들려주었다. 아버지가 졸업하고 임관을 한 후에도 호의는 계속되었다. 자기 월급을 아껴 옛 친구의 앞날을 지원해 주었고, 덕분에 아저씨는 진정으로 원하던 꿈을 이뤘다. 물론 지금은 상황이 완전 역전되었다. 아버지는, 알코올 중독자다. 병원 어딘가에서 중독 치료를 받고 있다.

"저 퇴원은 언제 하는 거예요?"

왜 갑자기 쓰러졌는지, 아저씨는 궁금해했다. 궁금증을 해소하기 위해선 당연히 정밀 검사가 필요할 것이다. 그렇지만 난, 거

부했다. 정확히는, 이를 연기했다.

"하루 정도는 입원해야지. 몇 가지 검사도 더 받아야 하고."

"급한 것들만 처리하고, 검사는 좀 나중에 할게요."

"급한 것? 급한 게 뭔데?"

이미 겪어 봤기에 알 수 있다. 어느 정도 감이 왔달까. 요즘 체력 훈련을 할 때 평소보다 훨씬 숨이 가빠 왔고, 가벼운 몸싸움에도 타박상을 입은 것처럼 몸 곳곳이 부어올랐다. 그렇지만, 쉽사리 인정할 수는 없었다. 지금 포기하면, 너무 많은 것을 잃게 되니까.

"차차 말씀드릴게요. 금방 해결돼요."

"선아, 네 몸보다 중요한 게 대체 뭐니?"

"2주. 2주 안에 다시 돌아올게요. 약속해요."

아저씨는 병원에서 꽤 지위가 높은 사람이라고 했다. 병실 하나쯤은 쉽게 내어 줄 수 있을 정도로. 난 전망이 아주 좋은 1113호 병실로 안내받았다. 1인실. 오직 나만 사용하는 공간이다. 비싼 병실이라고는 하지만 멀쩡한 사람도 여기 오면 환자가 될 것처럼 온통 하얗게 칠해진 병실은 어딘가 연약하고, 삭막했다. 푸릇푸릇한 녹음이 펼쳐진 창밖 세상이 너무 멀게 느껴졌다.

한참을 아무것도 하지 않고 누워 있다 보니 별의별 생각이 다 들었다. 다음 경기에 출전했다가 또 쓰러지면 어떡하나, 정말 재발이면 남은 나의 십 대는 어떻게 채워지려나, 뭐 이런 생각. 그리고 꽤 자연스레 아버지도 내 생각 주머니에 슬그머니 등장하곤 했다. 나와 같은 병원 건물 안 어딘가에 있을 아버지는 알고 보면 꽤 모범적인 군인이었다고 한다. 그 모범적이었던 사람이, 기밀 문건 유출로 불명예 전역을 했다니. 그런데 그 불명예 전역이 이상하게 기록에는 남지 않았다. 심지어 아버지는 연금까지 고스란히 수령하고 있다. 그 돈으로 아버지는 매일 술로 하루하루를 보냈고, 결국 알코올 중독자라는 치욕적인 칭호를 얻었다. 견디다 못해 엄마는 나를 데리고 이모 집으로 갔다. 그게 벌써 7~8년 전이다. 이모 집에 얹혀사는 게 눈치가 보여서, 난 과감히 축구부를 선택했다. 숙소 생활을 할 수 있었으니까. 내가 갑자기 운동을 한다고 했을 때, 엄마는 세상에서 가장 안쓰러운 여인의 표정을 지었다. 힘내라는 응원도, 하지 말라는 질책도 없었다. 그저 눈물만 쏟을 뿐. 난 엄마가 다시 눈물을 쏟더라도, 그 눈물은 기쁨의 눈물이 되게 해 주겠다는 다짐을 했다. 활짝 웃게 해 주고 싶었다. 성공이란 걸, 해 보고 싶었다.

“너 진짜 인식오류 아니랄까 봐, 또 무슨 헛소리야!”

“아니, 내는 병원에 처박혀 있음 심심할까 봐서 그런 거지.”

순식간에 고요함을 깨뜨린 목소리의 주인공들이 병실 문을 드르륵 열었다. 인식이와 병주였다.

“야, 썬! 얘가 뭐라는 줄 아냐? 너 데리고 노래방을 가잔다. 또 머리에 오류가 났나 봐. 아픈 애를 데리고 가긴 어딜 가!”

“아따 미안타. 알겠으니까 고마해라 쫌!”

인식이는 놀랍게도, 서울 토박이다. 언제부턴가 사투리 쓰는 자기 사촌 형이 멋있다며 연습을 하기 시작했다. 충청도인지 전라도인지 아님 경상도인지 온갖 것들이 섞인 자신만의 사투리를 쓰고 있는데, 역시나 본인이 굉장히 멋질 거라는 인식오류를 범하고 있다. 그렇지만 경기장 위에선 절대 오류 따윈 없다. 올 한 해 열린 지역 친선대회, 춘계 도대회, 그리고 전국대회 예선까지 총 25골을 넣었다. 187cm라는 큰 키로 꽂아 넣는 헤딩이 정말 일품이다. 기회가 오면 여지없이 골망을 흔드는 우리 팀 최고의 스트라이커, 박인식.

“썬! 여기 병원 밥 맛있나? 우리 여서 저녁 묵꼬 갈라고.”

“박인식! 병원 밥이 맛이 있겠냐? 아픈 사람들 먹는 거라서 맛대가리 하나도 없어. 닭갈비나 먹자니까."

주장인 병주는 존재감이 자신의 덩치만큼 크고, 온몸이 근육인데도 100m 육상 선수처럼 발도 빠르다. 유독 별명이 많은 병주의 첫 번째 별명이 헐크인 이유가 있다. 경기당 가로채기와 걷어내기 기록이 늘 10회 이상인 녀석은 수비를 조율하는 능력이 워낙 뛰어나서 일찌감치 청소년 대표로 발탁된 엘리트 중의 엘리트였다. 아마 경기장에 왔던 스카우트 담당자들은 나보단 병주를 보러 왔을 가능성이 더 크다. 심지어 병주는 우리 팀 주장이기도 하니까. 사실, 주장의 역할이 무엇인지 정확히는 모르겠지만, 확실한 건 후배 면박 기능이 포함되어 있단 거다. 후배들을 가만히 두는 적이 없다. 늘 화가 나 있어서 후배들은 병주 앞에서 꼼짝도 못 한다. 그렇지만 또 틈만 나면 후배들을 데리고 매점에 가서 먹을 걸 왕창 사 주기도 한다. 알다가도 모를 스타일이다. 후배들 사이에서 병주의 두 번째 별명은 '병 주고, 약 주고'다.

달라도 너무 다른 이 둘을 연결해 주는 역할을 미드필더인 나, 김선이 맡고 있다. 우린 팀에서 영혼의 트로이카로 불리는 삼인방인데, 3년 내내 붙어 다닌 덕분인지 눈빛만 봐도 통하는 사이가 되었다. 축구 선수의 포지션은 성격이 고스란히 반영된다고 하지 않나. 우릴 보면 그게 딱 맞다. 다들 옷을 제대로 찾아 입은 느낌이다.

우린 자연스레 축구 이야기를 했다. 지난 16강전의 치열했던 승부에 대해 우린 시간 가는 줄도 모르고 떠들었다. 병주는 역시나 후배들 기합을 단단히 잡았다고 한다. 아무리 16강이라는 큰 무대라고 해도, 중원에 투입된 선수들이 너무 심하게 긴장을 한 게 우리에게 실점으로 이어졌단다. 틀린 말은 아니었지만, 사실 전반전부터 뛰지 못한 내 잘못이기도 했다.

"기사 봤나? 내는 이름도 없대? 그냥 9번 공격수라 하드라. 너무한 거 아이가?"

인식이가 서운할 만했다. 인식이는 현재 대회에서 득점 공동 선두를 달리고 있는데, 어디에도 인식이를 주목하는 내용은 없었다.

"인식아, 내가 이틀 동안 겪어 봤는데 너무 관심받아도 힘들더라. 얼마나 피곤한지 아냐?"

"그래, 박인식. 잔말 말고 넌 다음 경기에서 골 왕창 넣어서 득점 선두나 확실히 하란 말야."

"아, 맞네. 우리 다음 팀 들었나?"

병주는 대망의 8강 대진을 알려 주었다. 하필이면 우리 상대는 지난 대회 준우승팀인 인지제철고등학교였다.

"병주야, 거기 에이스가 유럽 간다는 걔 아니야?"

"맞아. 이루리라고, 나랑 대표팀 생활도 같이했어. 일단 잡으면 한두 명은 쉽게 제치더라고. 발도 빠르고, 위치 선정도 좋아. 막기 까다로울 것 같아."

이루리. 이루리는 우리 사이에선 병주만큼 전국구 스타였다. 사실 병주를 비롯해 우리 셋 모두 2학년 후반이 되어서야 주전으로 출전할 수 있었지만, 이루리는 달랐다. 입학하자마자, 그것도 축구 명문 인지제철고의 주전 공격수 자리를 꿰찼고, 대회 때마다 두 자릿수 골을 기록하며 이미 유럽 명문 구단과 계약까지 체결했다. 꼭 한 번은 붙어 보고 싶었다. 그런데 경기를 뛸 수 있을지 장담할 수 없다는 사실이 문득 떠올랐다.

"이루리랑 한번 제대로 떠야 하는데……."

"맞다. 너 몸은 어때? 괜찮아?"

병주는 그제야 내 몸 상태를 물었다. 정말 잠깐 고민에 빠지긴 했지만, 영혼의 동반자들에게 숨길 이유는 없었다. 의사 아저씨와 나누었던 대화, 내게 나타나고 있는 증상들, 그리고 어쩌면 이것이 내게 치명적인 장면으로 다가올 수 있다는 것도. 둘은 잠잠해졌다. 고개를 푹 숙이고 있는 모습에 괜히 미안해졌다.

"아직 확실한 거 아냐. 경기를 뛸 수 있을지는 모르겠는데, 버티는 데까진 버텨 봐야지."

"니 시합 뛸라고? 니 시합 뛰다 저세상 가삐리면 우짤라고? 축구 할 시간이 어딨노. 축구 말고, 뭘, 뭘 해라!"

대부분은 헛소리지만 가끔 인식이가 오류 없는 말을 할 때면 헝가리 전 축구 선수 푸스카스급 골이 터지기도 한다. 역시 타고난 골잡이다. 그럴듯한 말이었다. 병주까지 인식이 말에 동조할 정도였으니.

"맞네. 썬, 너 뭐라도 해라. 2주면 할 수 있는 것 많지 않을까? 그렇게 가만히 누워 있는 건 우리 스타일 아냐. 갑자기 뒤지기라도 하면 그거 골치 아프다."

"뒤진다가 뭐냐. 뒤질 사람 앞에서 뒤진다니, 너 그러다 나한테 뒤진다!"

순간 눈이 마주친 우린 세상이 떠나가듯 웃었다. 죽음 앞에서도 미소를 띠는 이가 있다면, 그건 끝까지 손을 잡아 줄 누군가가 있기 때문일 것이다. 내게, 그러하듯.

3. 옛 기억

초등학교 3학년 때였다. 아버지가 발령을 받았다. 서울, 대전, 대구, 부산은 물론 대전, 광주, 목포까지도 알고 있던 나였지만 아버지의 발령지는 내 머릿속에 그려져 있는 우리나라 지도 위엔 없었다. '시골이어서 그래'라는 엄마 말을 듣고 나서 무척 설렜다. 미지의 세계에 진입하는 기분이었다. 아니나 다를까 그곳은 매일 웃음이 가득했고 놀랍게도, 전학 간 지 일주일 만에 학급 반장이 되었다. 당시 최고 인기 학생이던 철중이란 친구를 다섯 표 차로 따돌리고, 당당히 당선되었던 것이다. 패기 있는 연설에 친구들은 날 좋아해 주었고, 하루가 다르게 새로운 친구들이 늘어났다. 나를 시기하는 듯했던 철중이가 반장 선거가 끝난 지 채 한 달도 안 되어 전학을 가 버린 뒤로는, 나는 학교 전체에서 으뜸가는 인기인이 되었다. 점심시간에 친구들과 수돗가에서 물싸움을 하거나, 수업이 끝나고 학교 앞 저수지에 가서 족대로 고기를 잡는 일은 미지의 세계에서 새로이 습득한 어리로운 취미 생활이었다.

즐겁고 평온한 나날을 보내던 중 스승의 날이 지난 5월의 어느 날, 일이 터지고 말았다. 평범했던 체육 시간, 배구 선수 출신인 담임은 갑자기 나를 불러 뺨을 때렸다. 체육 시간이면 반장이 미리 아이들 줄을 세워 놓았어야 한다는 게 이유였고, 내가 죽도록 맞다가 기절하길 바라듯 담임은 손짓을 멈추지 않았다. 웬만한 축구장 두 개가 들어와도 될 만큼 드넓은 시골 학교 운동장엔 오직 살과 살이 부딪히는 잔인한 비명만이 가득했고, 같은 반 친구들은 숨죽인 채 이를 바라보았다. 아니, 못 본 척하고 있었다. 그리고 수업이 끝나는 종이 울림과 동시에 난 쓰러졌다. 정말 다행히, 응급실에 실려 갈 수 있었다.

4. 꺼져 가는 내 삶의 전원

하루가 지나고 바로 퇴원을 했다. 사실은 내가 의사 아저씨를 졸라 허락을 받아 냈다. 금방 다시 돌아올 곳이란 생각이 들어서 그런지 집으로 돌아가는 길이 잠시 외출하는 것처럼 느껴졌다. 데리러 온 엄마도 썩 반갑지 않았다. 그러고 보니 거의 한 달 만에 만나는 엄마였는데……. 세상의 온갖 시름을 다 떠안은 듯 엄마의 얼굴은 1113호 병실처럼 하얗고, 창백했다. 반갑지 않아도, 반가운 내색을 해야만 했다.

집에 도착한 후 엄마는 김치찌개 밥상을 차려 주곤 급히 일을 나갔다. 엄마는 이모 집에 짐을 푼 날 이후 쉬지 않고 악착같이 일해서 결국 전셋집 보증금을 마련했다. 한없이 초라한 집이었지만, 너무도 소중했다. 엄마의 피와 땀을 집 안 곳곳에서 느낄 수 있었다. 이 집이 정말 좋았다. 온기가 피부에 전해질 때면 다시금 성공을 향한 다짐이 새록새록 떠올랐다. 엄마를 행복하게 해 주겠다는 그 다짐.

하지만 김치찌개는 마냥 반가운 건 아니었다. 엄마는 대회가 끝나고 집에 오면 어김없이 김치찌개를 끓여 주었는데, 김치찌개는 내가 가장 좋아하는 음식이지만, 아버지도 마찬가지였다. 세 식구가 함께 살 때 가장 많이 밥상에 올라오던 메뉴가 김치찌개였다. 난 자꾸만 밀려들어 오는 아버지의 모습을 막아 내느라 제대로 식사를 할 수가 없었다. 괜히 뒤적뒤적하다가 금세 젓가락을 내려놓았다.

방에 들어가 컴퓨터를 켰다. 축구부 생활을 하며 공부에서 손을 떼 버린 난 집에만 오면 늘 게임을 했다. 게임 한다고 잔소리를 하는 어른이 우리 집엔 없기 때문에, 늘 편한 마음으로 즐길 수 있었다. 내가 하는 게임은 풋볼 매니저. 감독이 되어 축구팀을 직접 운영하는 게임이다. 선수 영입과 방출을 결정하는 것은 물론 경기 전에 상대 팀을 분석해 전술도 직접 만들어 낸다. 처음엔 그저 머리 식히는 정도로 생각했던 이 게임 하나가, 방황하던 십대의 끝자락을 단단히 동여매 주었다.

축구클럽 감독.

성공하기 위해서, 난 축구팀 감독이 되기로 했다. 이루리처럼 유럽 진출을 하거나 병주처럼 대표팀에 선발되지 못하면 축구선수로서의 삶을 그리 오래 끌고 가지 못할 것 같았다. 그래서 차선책으로 생각해 둔 것이 바로 감독이다. 유명한 선수가 아니어도, 충분히 훌륭한 감독이 될 수 있다. 퍼거슨이나 무리뉴도 그러하지 않았나. 분명 내가 하는 것은 게임이지만, 다른 의미에선 공부였다. 늘 전술 연구에 몰두했다. 그런데 학습이 제대로 이뤄지려면, 교과서만 있어서는 안 된다. 안내해 줄 선생님이 필요했다.

오랜 시간 헤매고 헤매다 만난 내 선생님은 요한 크루이프라는 사람이다.

요한 크루이프. 스페인과 네덜란드의 전설적인 축구 선수이자 감독인 그는 클럽과 국가의 최전성기를 이끌었던 축구계 최고 스타 중 한 명이다. 팀 우승 경력이나 개인 수상 경력은 굳이 언급할 필요도 없다. 아니, 언급할 수가 없다. 너무 많아서. 그런 크루이프가 감독이 된 이후 자주 썼던 포메이션은 3-3-3-1. 크루이프에 의하면, 축구에서 이기는 방법은 단순하다. 숫자 싸움에서 승리하면 된다. 11 대 11로 맞붙은 경기에서 선수 개개인의 위치 선정은 매우 중요하다. 그래서 감독들은 경기마다 포메이션을 짜는 데 오랜 시간을 투자한다. 크루이프는 공 주변에서 자신의 팀 선수가 상대보다 수적 우위를 차지하는 것이 승리의 열쇠라고 생각했다. 그렇게 탄생한 것이 바로 3-3-3-1 포메이션. 공격과 수비 어떤 상황에서든 선수들은 삼각형을 만들어 자신의 임무를 손쉽게 수행했고 이는 결과로 증명되었다. 크루이프 전술의 완성도가 얼마나 대단했는지 말이다.

그렇다고 내가 크루이프의 친정팀 FC바르셀로나를 선택한 것은 아니었다. FC바르셀로나는 전술적인 실험이 불가능할 정도로 너무 강한 팀이니까. 풋볼 매니저 게임을 하며 내가 고른 팀은 뉴캐슬 유나이티드 FC. 이 팀 저 팀 해 보다가 결정한 가장 탁월한 선택이었다. 지금이야 프리미어리그 중위권 정도에 불과하지만, 앨런 시어러가 이끌던 1990년대 후반, 2000년대 초반엔 리그 우승 타이틀을 놓고 경쟁할 만큼 강력했다. 과거의 명성을 게임 속에서나마 찾아 주고 싶었다.

마침 상대는 같은 지역 라이벌인 선덜랜드 AFC. 잉글랜드 타인위어 주를 연고지로 펼쳐지는 지역 간 라이벌 경기인 타인위어 더비가 기다리고 있었다. 라이벌 팀에 승리하면 팀의 사기는 훨씬 높은 폭으로 상승하게 되므로 정말 치밀하게 준비했다. 더비 경기에선 조금 안정적인 전술이 필요하다. 평소보다 수비 배치 인원을 늘리고 역습을 사전에 차단하도록 전방 압박도 지시했다. 모든 걸 마치고 진행하기 버튼을 누르려던 찰나, 갑자기 컴퓨터가 다운되어 버렸다. 화면이 파랗게 변하더니 불쾌한 '삐' 소리만이 이어졌다. 키보드 위 어떤 버튼을 눌러도 바뀌는 게 없어서 울며 겨자 먹기로 전원 코드를 뽑았다. 덕분에 불쾌한 소리는 사라졌지만, 동시에 화면 속 모든 것도 꺼져 버렸다. 까만 모니터 속엔 흐리게 비친 내 얼굴이 보일 뿐. 우린 눈이 마주쳤다.

얼마나 쳐다보고 있었을까. 화면 속 얼굴이 갑자기 눈물을 왈칵 쏟아 냈다. 고작 컴퓨터 화면이 꺼졌을 뿐인데, 2주 뒤 처참히 무너진 나의 모습도 다른 이들에게는 꺼져 가는 불씨처럼 느껴질까. 다행히, 정말 다행히 울고 있는 내게 위로라도 해 주려는 듯 인식이와 병주의 목소리가 들려왔다. 뭐라도, 뭐라도 해야 한다는 말. 갑자기 내 삶의 전원이 뽑혀 버리기 전에, 난 무어라도 해야 했다.

5. 숙제를 찾아서

삼인방이 다시 모였다. 16강 이후 한동안 휴식기를 갖기 때문에 훈련 일정에 여유가 있기도 했고, 둘은 특별히 병문안 허가를 받았다고도 했다. 우린 늘 만나던 명동거리 시계탑 앞에 모였다. 아침 일찍부터 만난 우린 알찬 하루를 보내기 위해 회의를 했다.

"노래방부터 가자. 내 진짜 억수로 가고 싶다 안 했나."

"박인식, 넌 오류 그 자체야 정말. 아침부터 여는 노래방이 어디 있냐. 적어도 점심시간 이후는 돼야 한다고."

인식이는 역시나 노래방 타령이었고, 또 역시나 병주에게 한 소리를 들었다.

"그라믄, 지금 당장 어디 갈 낀데?"

"그러니까 왜 아침부터 만나자고 난리를 쳤냐고. 인식이 네가 이 시간에 보자며."

"내는 아침에도 노래방 하는 줄 알았지."

계속 내버려 두어서는 둘의 다툼이 절대 안 끝날 테고, 이러다 시계탑 앞에서 오전을 통째로 보낼 수도 있겠다는 생각이 들었다.

"우선 PC방이라도 가자. 오전에 여는 데는 거기밖에 없어. 그러고 영화 한 편 보면 노래방 문 열 시간 될 거야 아마."

"그라믄 PC방 가서 영화 예매도 하면 되긋네. 고마 가자!"

"그래, 요즘 우리나라 배우 나오는 할리우드 영화 뭐 있다더라. 궁금했는데 잘됐다."

PC방에서 우린 오랜 시간을 보내지 않았다. PC방엔 생각보다 신기한 시스템이 많았지만, 공만 찰 줄 알았지 정작 셋이 같이 할 줄 아는 게임은 없었다. 나는 유튜브로 축구 동영상을 보았고, 인식이는 연예인 뉴스와 사진을 검색했다. 병주는 최신 유행하는 운동화 쇼핑을 했다.

영화도 적당히 괜찮았다. 지구를 지키기 위해 같은 팀으로 활동하던 중 믿었던 동료 한 명이 배신을 하는데, 그렇다고 그 동료를 무조건 비난할 순 없었다. 동료의 선택엔 우주 평화라는 명분이 있었고, 누구든 충분히 공감할 수 있었으니까. 무엇을 중요하게 여기느냐에 따라 판단이 달라질 수 있는 문제였다.

PC방과 영화관을 거쳐 인식이가 그토록 원하던 노래방, 병주가 원하던 닭갈빗집 투어까지 마친 후, 내가 원하던 아이스크림 가게에 마지막으로 들렀다.

"니 원래 이런 거 안 먹었지 않았나? 웬일이고? 물론 내는 여기 좋아하긴 한데이. 아빠는 외계인 억쑤로 맛나는 거 아나? 외계인 맛이 이런 맛인가 싶다."

"외계인을 먹는 게 아니라, 외계인이 만들어 주는 아이스크림이라는 거야. 이 오류 자식아. 그나저나 썬, 단 게 땡기는 거야?"

둘은 의아하다는 듯 날 쳐다보면서도 쉴 새 없이 아이스크림을 퍼먹었다. 조금 전까지 닭갈비에 볶음밥까지 먹었다는 게 믿기지 않을 정도였다.

"이게 먹고 싶었다기보단, 조용히 얘기할 공간이 필요했달까."

인식이와 병주는 여전히 고개를 숙인 채 눈만 치켜떴다. 물론 손은 여전히 빠르게 움직이면서. 축구 선수에게 아이스크림 숟가락을 쥐여 주면, 그들의 손은 발보다 빠르다. 우스운 광경이었지만, 참고 말을 이어 갔다.

"남은 2주, 뭐라도 해야겠어. 근데 뭘 어떻게 해야 할지 아무것도 떠오르지 않아."

후루룩, 쩝쩝 소리만이 들릴 뿐 한동안 긴 침묵이 이어졌다. 친구의 마지막 숙제를 풀어 주기 위한 눈물겨운 고뇌는 아이스크림이 거의 바닥이 날 때까지 계속됐다. 그러다 답답했는지 인식이가 숟가락을 내려놓고 입을 열었다.

"우선은 생각을 좀 해야 하지 않겠나. 니 모르게 누가 도와주고 그랬을 수도 있고……."

"내가 누구한테 도움을 받아? 내가 도움받을 게 뭐가 있어."

"니 살면서 있었던 일들을 싹 다 떠올려 봐라. 뭐 하나가 읍겠나. 그 사람한테 은혜라도 갚으면 마음이 편하지 않겠나 싶고…….”

이때다 싶었는지 병주도 옆에서 인식이의 말을 거들었다.

“인식이 말에 일리가 있네. 아 맞다, 너 병원 한창 다녔을 때 한번 생각해 봐.”

병주 입에서 인식이 말에 일리가 있다는, 또 이런 식의 표현이 나왔다는 게 신기했다. 그런데 신기한 건 둘째 치고, 날 위해서 이토록 고민해 주는 녀석들이 참 고마웠다.

“병원 다닐 때? 그때는 사실 기억나는 게 없긴 한데…….”

“봐라. 뭐 있다니까. 니 병원 억수로 오래 있지 않았나? 병원비 겁나게 나오지 않았겠나?”

“임마 오늘 머리가 잘 돌아가네. 썬, 그 병원비 혹시 누가 내주거나 그러진 않았어?”

병원비. 난 병원비에 대해 생각해 보지도, 궁금해하지도 않았었다. 그러고 보니 적은 액수일 리가 없었다. 병원살이만 2년에 가까웠으니까.

“하긴, 그땐 의사 아저씨가 병원비 내줄 정도는 아니었을 거야. 높은 사람 된 지 몇 년 안 됐거든.”

"찾았네. 일단 그것부터 알아보자. 혹시 도움 준 사람이 있을지 모르니까."

병주가 벌떡 일어나더니 심지어 손뼉까지 치면서 말했다. 도움을 준 사람을 찾자니, 뭔가 어려운 숙제가 생긴 기분이었다. 불쾌하거나 불편한 숙제는 아니었다. 조금 과장해서 마지막 숙제라는 생각을 하니 오히려 의욕이 생겼다. 치열하게, 살고 싶어졌다.

"아직 2주 안 된 것 같은데, 어쩐 일이냐?"

병원을 찾았다. 나는 아저씨에게 그간 발생한 증상들을 솔직히 다 털어놓았고 듣자마자 아저씨의 얼굴은 종잇장이 구겨지듯 일그러졌다. 곧장 입원이라도 시킬 기세였다.

"지금 당장 입원할 생각은 없어요. 2주 뒤에 다시 오긴 할 건데, 진통제는 좀 필요할 것 같아서요."

"진통제?"

진통제라는 말에, 일그러진 아저씨의 얼굴은 그대로 굳어 버렸다. 아무래도 의사인데, 명백한 환자의 증상을 듣고도 모른 척하는 게 쉬울 리 없었을 거다. 그래도 아저씨는 내 마음을 헤아려주는 몇 안 되는 사람 중 한 명이라고, 난 믿었다.

"경기 한 번만 더 뛰고 오면 안 될까요? 바로 치료받을게요."

"경기를 뛰기엔 네 몸이 감당할 수 없을 텐데……."

"딱 한 경기만요. 8강인데 상대가 우승 후보예요. 꼭 붙고 싶은 상대였어요. 경기 못 뛰면 정말…… 후회할 것 같아요."

아저씨는 한동안 말이 없었다. 머리를 긁기도 하고, 깊은 한숨을 쉬기도 했다. 마지막엔 의자를 박차고 일어나 창가에 가 우두커니 서 있더니, 다시 나에게 다가와 결심한 듯 이야기했다.

"그래, 좋다. 우선 그럼 진통제는 처방해 줄게. 대신 경기 끝나고 바로 입원해야 한다. 약속해라."

마치 협상하듯, 우린 단단히 약속했다. 그리고 항암 치료에 관한 이야기도 조금 나누었다.

"이번에 신약이 새로 나온 거 들었니? 빠르면 빠를수록 좋아. 2주 안 채워도 되니 최대한 빨리 오렴. 수액 항암이랑 경구용 항암 이어서 해 보고, 경과가 좋으면……."

"신약이면 엄청 비싼 거 아니에요?"

"선아. 병원비는 걱정하지 말고……."

병원비. 마침, 내가 해결해야 할 숙제가 떠올랐다. 절호의 타이밍이 아닌가.

"아, 맞다. 아저씨. 저 열 살 때, 그때 병원비도 아저씨가 내준 거예요?"

"뭐? 갑자기 그건 왜 묻는 거냐. 병원비는 걱정하지 말라니깐."

"꼭 알고 싶어요. 사람이 빚지고 살 순 없잖아요. 갚아야죠."

아저씨는 골똘히 생각에 잠겼다. 뭔가를 아는 눈치인데, 말을 해야 할지 망설이는 표정이었다.

"그래, 사실 내가 내준 건 아니다. 그땐 그럴 만한 형편도 못 되었고."

"그럼요? 군인 월급으로도 감당 못 하는 돈 아니에요? 아버지 월급으로 해결할 순 없었을 거 아녜요."

"내가 너에게 해 줄 수 있는 말은……."

아저씨는 내 눈을 지긋이 바라보았다.

"네가 생각하는 것보다 널 아끼는 사람이 많다는 거다. 이게 내가 해 줄 수 있는 말 전부야."

아저씨의 말은 정말 이상했다. 아저씨도 은혜를 갚는 게 내 삶에서 최후의 미션이란 걸 알기라도 하는 걸까? 답을 받았는데, 오히려 미궁 속으로 더 깊이 빠져들어 갔다.

6. 엄마, 그리고 아버지

평일 훈련은 비교적 평이하게 진행되었지만, 역시나 두통이 문제였다. 감독님께 말씀드리고 주말엔 집에서 쉴 수 있도록 배려받았다. 토요일 오전 느지막이 일어났는데, 엄마는 아침 밥상을 차려 놓고 나갈 채비를 하고 있었다. 눈을 비비며 문 앞에서 엄마를 배웅해 주었다.

"엄마, 오늘 토요일인데 어디 가?"

"일하러 가야지."

"요새 다른 일 해? 원래 주말엔 안 나갔잖아."

"응. 거기 그만두고, 다른 곳으로 옮겼어."

엄마 혼자 내 병원비와 학비, 생활비 등 모든 짐을 짊어져야 했다. 무슨 죄를 지었다고, 당신의 삶을 모두 저버린 채 지내는 것인지. 반면 아버지는 자신의 역할을 저버린 사람이었다. 난 늘 아버지에게 따지고 싶었다.

"무슨 일인데? 토요일까지 나가야 해?"

"그냥. 별일 아냐. 에구, 좀 늦었네."

주말에도 우린 떨어져 지내는 경우가 많았다. 함께 시간을 보낼 여유가 우리 가족에겐 없었다. 또 언제 이런 시간이 생길지 모르는데, 엄마는 나가야 했다. 나가기 전에 혹시나 몰라 급히 물어보았다.

"엄마, 잠깐만. 뭐 하나만 물어볼게."

"뭔데?"

신발을 신던 엄마가 살짝 고개를 돌려 나를 쳐다봤다.

"나 어렸을 때 병원비 얼마나 나왔어?"

"응? 갑자기? 그게 왜 궁금해?"

"그냥. 누가 내준 건가 궁금해서."

엄마의 반응은 의사 아저씨의 그것보다 더 오묘했다. 고뇌의 시간이 더 길었달까. 엄마는 전혀 자연스럽지 않은 억지 미소를 지으며 말했다.

"그런 거 모르셔도 되니까, 건강이나 신경 쓰셔요. 밥 먹고 반찬통만 냉장고에 좀 넣어 놔. 설거지는 내가 다녀와서 할게."

순간 이상한 생각이 머리를 스쳐 지나갔다. 아버지가 설마, 내 병원비 마련을 위해 불명예를 무릅쓰고……. 아니, 그럴 리 없었다. 그랬다면 굳이 내게 말 못 할 이유가 뭐란 말인가. 너무 수상했다. 그런데 엄마의 미소는 그 수상함을 지우기에 충분했다. 그리고 솔직히 그따위 뻔한 결말은 듣고 싶지 않기도 했다. 여하튼 덕분에 오랜만에 맛있게 한 끼 식사를 해치웠고, 다 먹은 다음엔 청개구리처럼 고무장갑을 꼈다. 그동안 엄마가 지닌 삶의 무게를 늘리는 데에 나 역시 한몫했음을 잘 알고 있으니까, 조금은 거들어 주고 싶었다. 집안일이란 걸 해 보기로 했다.

생각보다 할 일이 많았다. 설거지를 마치고, 빨랫감을 모조리 세탁기에 집어넣어 돌렸다. 겉으로 보기엔 낡아 빠진 기계 덩어리지만, 별문제 없이 잘 돌아가는 걸 보니 흐뭇했다. 제 역할은 능히 해내는 놈이었다. 빨래가 돌아가는 동안엔 청소기를 꺼내 집안 곳곳을 돌아다녔다. 그리 넓지도 않은 집인데 막상 치우려니 힘에 부쳤다.

'집안일이 쉬운 게 아니구나.'

잠시 숨을 돌리려는데, 갑자기 마음 한구석이 아려 왔다. 내가 아는 엄마는 절대 빈틈이 없는 치밀한 사람이다. 오래된 5층짜리 아파트지만 우리 집은 새집처럼 늘 번쩍였고, 이는 먼지 한 톨 허용하지 않던 엄마의 손길 덕분이었다. 하지만 지금 집 안 곳곳은 허술하기 짝이 없었다. 아니, 축구부 숙소에 버금갈 정도로 엉망진창이었다. 옷가지들은 널브러져 있었고, 안방 화장대에는 화장품 대신 온갖 서류들이 쌓여 있었다.

'엄마도 지쳤을 거야.'

문득 엄마가 주말까지 대체 어디 가서 무슨 일을 하는 것인지 걱정이 되었다. 세상 근심을 혼자 짊어진 듯한 얼굴이 아른거렸다. 엄마는 분명 약해져 있었다. 아니, 점점 약해져 왔고 앞으로도 계속 약해질 것이다. 엄마가 먼저 쓰러지면 어쩌나 시들시들한 걱정이 피어올랐다.

아버진 산골 마을, 아마 휴전선 근처라고 했던 것 같다. 그곳에서 가난한 농부의 자식으로 태어났다. 말이 농부지, 아버지의 아버지, 그러니까 나의 할아버지께선 농사는 내팽개친 채 매일 술과 도박으로 가산을 탕진했다고 한다. 아버지의 형제자매는 총 여덟. 아버진 여덟 명 중 셋째였다. 아직도 첫째 고모는 아버지를 '삼남이'라고 부른다. 둘째인 큰아버지는 일찍이 사고로 돌아가셨고, 아버진 어려서부터 장남 노릇을 해야 했다. 여하튼 아버진 어려운 환경에서도 늘 성실하게 살았다고 한다. 가족들을 먹여 살리겠다는 목표 하나로 학업에 매진했단다. 텔레비전에서 사연으로 듣기만 했지 절대 상상조차 해 보지 못했는데, 실제로 아버진 모두가 잠들고 나면 화장실에 가서 촛불을 켜고 공부를 했다고 한다. 그렇게 노력했던 아버지는 우리나라 최상위 대학에 갈 성적을 받아 냈지만, 과감히 포기하고 군인이 되기 위해 사관학교로 진학했다. 사관학교의 학비는 공짜였으니까. 심지어 그곳에선 품위 유지비라는, 용돈 개념의 일정 금액을 지급했다. 아버진 그 용돈을 아끼고 아껴 집으로 부쳤다. 그 돈이 할아버지의 도박 자금이 되었는지, 정말 고모들의 밥값으로 쓰였는지는 모르겠지만 어쨌든 아버지의 삶은 절대 만만치가 않았다.

내 기억 속에도 아버지의 군인일 적 모습이 분명 존재한다. 그냥 평범한 군인이 아니라 정말 '군인다운 군인'이었다. 어릴 때 난 남자답다거나, 멋지다 같은 표현을 들으면 꼭 아버지의 모습을 떠올리곤 했다. 얼룩무늬 군복을 입은 아버지의 모습은 어린 나에겐 자랑스러움 그 자체였고, 아버지와 함께하는 시간이 그저 좋았다. 주말에 근무가 없을 때면 아버지는 엄마와 날 데리고 늘 나들이를 갔다. 집 근처 놀이공원에서 찍은 사진을 보면 난 분명 세상에서 가장 해맑은 미소를 짓고 있다. 두 분의 모습도 그렇다. 화목하다고 불리는 여느 가족보다 더 화목하고 행복한 모습이 사진 속에 가득했다. 그런데 가정에만 충실한 사람인 것은 또 아니었다. 아버지 주변엔 늘 사람이 많았다. 정확히는 모르지만 아버진 사기를 당한 후배를 위해 월급을 털어 돈을 메꿔 준 적이 있다고 했다. 또 종종 집에 사병 아저씨들을 데리고 와 집밥을 먹이기도 했다. 삼촌뻘 되는 군인 아저씨들이 우리 집 식탁에 함께 앉는 일이 매우 잦았지만, 전혀 불편하지 않았다. 새로운 가족과 함께하는 기분이었으니까. 여러모로 아버진 멋진 사람이었다. 그리고 아버진 내게 늘 말했다. 행복이란 건 절대 깎이지 않으니까, 늘 나누려고 애써야 한다고. 그런 아버지가 내게 불의에 가담하거나 굴복하라는 말은 절대 한 적이 없었다.

내가 담임에게 맞아 쓰러지고 며칠 후, 엄마는 교육청에 담임을 신고했다. 아마도 직위 해제 같은 걸 신청했던 것 같다. 담임은 배구 선수 출신이었고, 하루도 끊이지 않고 덩치가 산만 한 사람들이 내가 입원한 병실에 찾아와 엄마를 협박했다. 담임의 대학 시절 후배들이었다. 굴복하지 않았지만, 밤마다 어둠 속에서 흐느끼는 엄마의 울음을 들을 수 있었다.

찾아오던 덩치들이 발길을 끊은 건 아버지 덕분이었다. 아버진 교육청에 신고했던 모든 조치를 취하하고, 심지어 담임에게 봉투까지 건네며 인사가 늦어 미안하다는 말도 했다. 이것이, 아버지를 미워하게 된 또 다른 이유다.

7. 출생의 비밀?

축구부인 우리도 엄연히 학생인지라, 대회 기간이 아닐 땐 교실에서 수업을 들어야 한다. 보통은 오전 수업을 듣고, 오후부턴 훈련에 참여하는 식이다. 다른 애들의 반 정도밖에 안 되는 수업 시간임에도, 인식이나 병주는 그 시간을 지옥처럼 느꼈다. 둘은 쉬는 시간만 되면 어리마리한 상태로 우리 반에 찾아와 한탄을 했다.

"수업 시간마다 잠을 자는데, 이래가꼬 밤에 잠이 오긋나."

"나는 정말 이해가 안 되는 게 뭐냐면, 듣기 싫은 걸 왜 억지로 듣고 있어야 하냐는 거야. 수학이 하루에 두 시간이나 들었어. 나만 안 듣는 거 아냐. 우리 반 애들 수학 시간에 다 자!"

사실 틀린 말은 아니었다. 수업 듣는 걸 좋아하는 편인 나 역시도 수학 수업은 도저히 들을 수가 없었다. 앞 차시 수업을 안 들으면 다음 차시 수업 내용을 따라가기 버거운 과목이었으니까. 행렬이나 집합까지는 배웠던 기억이 나는데, 선생님이 칠판에 그래프를 그리기 시작하면 그때부턴 정말 좌절 모드다. 극한이니, 함수니 하는 말은 도저히 알아들을 수가 없다. 그래도 다행히 국어나 사회 수업은 나름 버틸 만했고, 역사나 한문 수업은 재밌기까지 했다. 유명한 역사적 인물의 비하인드 스토리를 들을 때나, 한자가 만들어지는 원리를 알아 갈 때는 유쾌함을 느꼈다. 더구나 한문은 우리 담임 선생님 수업이다.

동료 선생님들은 우리 담임 선생님을 '얼음 공주'라고 부르지만, 실제로 대화를 나눠 보면 굉장히 재미있고, 무엇보다 다정다감으로 채워진 사람이어서 나는 담임 선생님과 상담하는 걸 좋아한다. 첫 상담에선 눈물을 쏟아 가며 가정사를 털어놓기도 했다. 인식이와 병주 말고 이렇게 내 마음을 온전히 꺼내 놓은 건 담임 선생님이 처음이었다. 내가 왜 선생님께 속내를 다 말할 수 있었던 것인지 분석해 보려 했지만, 그건 말로 설명이 되질 않았다. 내 결론은 단순했다. 담임 선생님은 좋은 사람이라는 것.

선생님은 심지어 수업까지도 재밌게 하신다. 영어나 수학 교사였다면 아마 전국적으로 유명한 일타 강사 반열에 올랐을 거다. 하기 싫고 귀찮은 한문 공부를 나 같은 운동부까지도 하게 만드는, 정말 귀신 같은 사람이랄까? 절대 단어를 억지로 외우게 하는 법이 없다. 수업만 잘 들으면 이상하게 한자들이 머리에 쏙쏙 와서 박히는 기분이다. 오늘 한문 시간엔 '식구'라는 말의 뜻풀이를 배웠다. 밥 식, 입 구. 식구는 끼니를 함께하는 가족을 의미한다고 했다. 물론 난 우리 가족이 함께 식사했던 때가 언제인지 도통 기억하지 못했지만.

'우리 가족은 식구가 아닌 건가…….'

한창 고민을 하고 있을 때 비로소 점심시간이 되었고, 진짜 식구들이 찾아왔다. 인식이와 병주의 그토록 밝은 얼굴은 오랜만이었다. 급식실로 향했다. 1, 2학년 후배들이 길게 줄을 서고 있었지만, 우린 3학년 프리패스 권한을 행사하며 그들을 쭉 지나쳐 갔다. 인식이는 특히 이 길을 걸어갈 때를 좋아했다. 그토록 기다리던 급식을 영접한다는 기대감도 있었지만, 가끔 인식이를 선망의 눈빛으로 바라보는 여학생들이 있었기 때문이다. 훤칠한 키에 준수한 외모, 말투만 빼면 충분히 인기가 있을 만했다. 인식이는 늘 시상식에 참가하는 연예인이라도 된 것처럼 고개를 빳빳하게 들고 걸었다.

“내는 우리 학교 밥 억수로 맛있는 거 같다. 밖에 식당보다 훨 맛나지 않나?”

인식이는 축구부 활동이 아니었으면 그저 급식 먹으러 학교에 다니는 학생이었을 거다. 늘 밥시간만 되면 감탄을 멈추지 않는다. 물론 옆에서 병주는 그런 인식이를 늘 못마땅한 눈으로 바라본다.

“너는 닭갈비 먹고 밥까지 볶아 먹어 봤으면서도 그런 말을 하냐? 내가 닭갈비를 왜 좋아하는지 알아? 볶음밥 때문이야. 그 남은 기름이랑 양념에 밥 볶으면 그걸로 끝장이라고. 급식은 맛있어 봤자지.”

느닷없는 병주의 닭갈비 볶음밥 예찬을 듣자 나는 궁금증이 생겼다.

“근데 요즘 닭갈비 볶음밥이라는 메뉴도 따로 있지 않아? 그럼 볶음밥만 시키면 되지, 왜 꼭 닭갈비부터 시켜?”

“하이고. 그건 몰라서 하는 소리야. 모든 일에는 순서가 있는 법이거든. 바로 볶음밥을 시키면 그 맛이 안 나. 원하는 걸 얻자고 필요한 단계를 뛰어넘으면 안 되지. 닭갈비를 볶던 양념에 볶아야 진짜 제맛이 나는 거거든."

"니 그냥 다 처먹고 싶어서 헛소리하는 거 아이가? 니 덩치 유지할라믄 급식 가꼬 안 되긴 하긋다!"

우린 한바탕 소리를 내며 웃다가 우릴 쳐다보는 주변의 눈길을 의식하고 정신을 차렸다. 고개를 푹 숙인 채 조용히 병주가 화제를 돌렸다.

"저……. 썬! 너 좀 알아봤어? 그, 전에 말했던 병원비 말야."

"맞네, 맞네. 우리 입 다물고 조용히 그 얘기나 하는 게 낫긋다. 애들이 죄다 우리 쳐다본다."

"음……. 그게 말야. 좀 이상하긴 해. 아무도 명확히 말을 해주는 사람이 없어. 정말 이상해."

나는 의사 아저씨와 엄마의 반응에 관해 이야기해 주었고, 인식이와 병주도 의아하다는 표정을 지었다. 둘은 탐정이라도 된 양 온갖 추측을 내놓기 시작했다.

"내 볼 때는, 어마무시한 비밀이 숨겨져 있는 게 확실하다. 생각지도 못한 반전! 영화 안 봤나!"

"내가 봐도 그래. 썬, 너 출생의 비밀이 있거나 그런 거 아닐까? 알고 봤더니 넌 부잣집 아들내미였던 거지."

"둘 다 아주 영화를 찍어라, 영화를. 왜, 유전자 검사라도 해야 되는 거냐?"

"아이다. 병주 말이 맞다. 모든 가능성을 열어 두고 생각을 해야 하는 기다. 집에 가믄, 니 서류 같은 거 읎나 잘 찾아봐라. 기록이라는 게 있을 끼다. 어디 벽장 같은 데 잘 뒤지믄 뭐든 하나는 나온데이!"

순간 안방 화장대를 치울 때가 생각났다. 엄마답지 않게 온갖 서류들을 쌓아 놨던 그 화장대. 그 안에 나에 대한 비밀이 정말 숨어 있었을까? 정말, 출생의 비밀이라도 있었던 건가? 그래, 그러지 않고서야 아버지가 이렇게 날 쉽게 버릴 리가 없지. 설마 영화에서처럼 나를 위해 나 모르게 뒤에 숨어서 도움을 준 슈퍼히어로들이 있던 건 아닐까? 그들에게 감사하기 위해서라도, 어떻게든 살아 내야 하는 게 아닐까?

1988년 FC바르셀로나는 요한 크루이프를 감독으로 선임했다. 이미 AFC 아약스에서 감독으로서의 역량을 한껏 발휘했던 크루이프는 자신만의 철학을 FC바르셀로나에 새롭게 이식하기 시작했다. 그것은 선수 기용에서부터 확연히 드러났다. 3군에 머물고 있던 호셉 과르디올라를 과감히 1군으로 승격시켜 그를 세계 최고의 미드필더 반열에 올린 것이 바로 크루이프다. 과르디올라는 신체적인 조건이 좋지 않았고, 다른 팀으로 쫓겨날 위기에 놓인 선수였지만, 크루이프는 그런 그에게 중책을 맡겼다. 경기 전체의 흐름을 조율하고, 영리하게 볼을 배급하는 역할이었다. 결과는 성공이었고, 스페인 언론은 크루이프의 FC바로셀로나를 '드림팀'이라 칭하기 시작했다.

FC바르셀로나는 크루이프 이전과 이후로 나뉜다고 표현하는 이들도 있다. 그만큼 현대 축구 역사에 한 획을 그은 감독이니까. 그런데 여기서 의문점이 하나 생긴다. 창조한 전술을 실행에 옮기는 건 결국 선수들이지 않은가? 크루이프의 또 다른 위대함이 여기서 확인된다. 두려워하던 선수들에게, 한마디 말로 용기를 심어 줬던 것이다.

"공을 가지면 내가 주인공이다. 결정하는 것도, 창조하는 것도 결국 나 자신이다."

진정한 리더는 리더를 믿게 하지 않는다. 개개인이 스스로를 믿게 하는 것이, 진정한 리더의 힘이다. 나 역시 나 스스로를 믿고 싶다.

8. 드디어 시작된 미션

주말이 지나고 본격적인 8강 대비 훈련이 시작되었다. 우린 오전 수업도 빠진 채 훈련에 매진했다. 기초 체력 훈련은 물론이고 오후엔 세트피스 훈련, 그리고 상대 맞춤형 전술 훈련에 돌입했다. 세트피스 훈련은 프리킥이나 코너킥 상황에서 어떻게 움직임을 가져갈지 미리 계획을 짜 놓는 것인데, 아무래도 헤딩 능력이 좋은 인식이와 병주가 중요한 역할을 맡게 된다. 전술 훈련을 할 땐 주전팀과 비주전팀을 나누어 진행하는데, 감독님은 내게 비주전팀만 착용하는 형광 조끼를 주었다. 어느 정도 수긍이 되는 부분이었다. 한동안 훈련에 온전히 참여하지도 못했고, 또 다시 경기 중에 쓰러지면 큰일이니까. 내가 만약 쓰러지면 교체 카드 한 장을 낭비해 버리는 꼴이 된다. 나 대신 주전팀에 포함된 후배 영찬이가 내 눈치를 보는 것이 느껴져서, 일부러 훈련 분위기를 밝게 만들려고 애썼다.

사실 한동안 인터뷰를 요청하는 몇몇 기자들이 학교를 드나들었다. '이루리 vs 김선'이라는 타이틀로 어그로를 끌어 볼 요량으로. 그때마다 인식이와 병주는 '걔 축구 그만뒀다'라는 식으로 둘러대며 기자들을 쫓아내 주었다. 요리조리 잘 피해 다니다 보니 덕분에 관심은 어느덧 식었다.

"이상하지 않나? 왜 내는 인터뷰하러 안 오는 긴데? 내 지금 득점 1등인 거 다들 모르나? 내가 이루리보다 두 골이나 마이 넣었거든!"

인식이는 내가 인터뷰를 거부하는 걸 이해하지 못했다. 난 사람들이 내 경기력보다 백혈병 투병이라는 부차적인 것에 관심을 두는 것이 싫었다. 나야말로 억울했다. 나름 개인 성적도 괜찮고 팀도 8강까지 올랐는데, 다들 '아픈 애' 취급만 하는 것 같아 자존심이 상하기도 했다.

"우리 팀이 우승하면 기자들이 너한테 몰릴 거야. 그래도 좀만 참아. 네가 득점왕이니까."

내 상해 버린 자존심은 접어놓고, 우선 인식이를 달랬다. 인식이는 그 모습을 혼자 상상하는가 싶더니 바로 기분 좋은 표정을 지었다. 그러자 옆에서 인식이의 표정을 아니꼽게 보던 병주가 말했다.

"우승하면 그 팀 주장이 우승컵 들지 않냐? 사진발 받으려면 어디 미용실 가서 머리라도 해야겠는데."

병주는 인식이보다 훨씬 풍부한 상상력을 발휘하며 실컷 김칫국을 마시기 시작했다. 그걸 가만히 둘 인식이가 아니었다.

"병주 니는 사진 찍히믄 안 된다."

"왜? 내가 비주얼이 워낙 뛰어나서? 연예인 하라고 할까 봐?"

"니 생긴 게 어딜 봐서 열아홉이가. 아마 나이 속였다고 의혹 제기될 끼다."

인식이와 나는 서로를 부여잡고 배꼽이 빠지도록 웃었다. 또래보다 훨씬 나이 들어 보이는 외모에 대해서는 인정하지 않을 수 없던 병주 자신도, 결국 웃음에 합류했다. 훈련 기간은 즐거웠다. 이따금 심한 두통이 밀려오긴 했지만, 병원에서 받아 온 진통제와 시답잖은 농담들은 두통과 맞서 싸우기에 충분한 힘을 발휘해 주었다. 아직까진, 분명 버틸 만하다는 생각이 들었다.

전술 훈련이 끝나고, 오랜만에 팀 전체가 휴식 시간을 누렸다. 경기가 코앞으로 다가오면서 컨디션 조절이 필요했기 때문이다. 무리한 훈련이 부상으로 이어질 수 있기에 훈련 일정은 매우 체계적으로 운영되었고, 오늘은 석식 이후 감독님의 전술 브리핑 시간만 잡혀 있었다. 덕분에 난 집에 잠시 들를 수 있는 시간이 생겼다. 인식이와 병주는 미션을 수행하러 가는 나에게 소리 없이 눈빛으로 응원의 함성을 질러 주었다.

아버지가 사관생도였던 시절, 엄마는 서울에서도 손꼽히는 명문대 학생이었다. 넉넉하지도, 부족하지도 않은 집안의 둘째 딸이었던 엄마는 굉장히 교과서적인 삶을 살았다고 한다. 순정만화 여주인공처럼 청순한 외모를 지닌 엄마에게 남학생들은 끊임없이 선물 공세를 했다. 하지만 엄마의 교과서엔 '이성 교제'라는 단어가 없었다. 결국 학교 안에서 '도도한 철벽녀'라는 별명이 붙었는데, 그런 엄마의 인생에 놀랍게도 아버지가 등장했다.

아버지는 급히 외출 허락을 받아 고향 집에 다녀오던 길이었다. 아버지의 아버지가 파출소에 잡혀 들어갔단 연락을 받았기 때문이다. 할아버진 도박을 하다 시비가 붙어 난리를 피웠고, 집

안에서 이 문제를 해결할 수 있는 사람은 멀리 사관학교에 재학 중인 아버지가 유일했다. 외출 복귀를 하던 아버지는 지하철역 입구에서 차비가 모자라 발을 동동 구르고 있었다. 수중에 있던 돈을 탈탈 털어 합의금으로 내어줘 버렸기 때문이다.

우연인지, 운명인지 그의 곁을 지나가던 여대생 한 명이 그의 상황을 목격했다. 처음엔 그냥 지나쳤지만, 이상하게도 그녀는 자꾸만 뒤를 돌아보았다. 엄마는 천성이 착한 사람이었으니까. 그의 손에 만 원짜리 한 장을 쥐어 주고 말없이 떠나는 그녀를, 아버진 그냥 보낼 수가 없었다. 쫓아가서 연락처와 이름을 물어도 괜찮다는 말만 반복하는 그녀에게, 아버진 이렇게 말을 했다.

“제게 이 돈을 주고 갚을 기회를 주시지 않으면, 오히려 그쪽이 저한테 빚을 지는 겁니다. 제가 그쪽 때문에 마음이 불편해지게, 그냥 두실 건가요?”

엄마는 지금껏 수작을 걸어왔던 사람들과는 전혀 다른 아버지의 첫 느낌이 좋았다고 한다. 그렇게 두 사람은 만남을 시작하게 되었고, 시간이 흘러 부부의 삶을 살게 되었다. 결혼 후 일찍 아이를 가진 부부는 계속해서 가난에 찌든 하루하루를 보내야 했다. 남편의 월급이 시댁으로 대부분 흘러가는 걸 알면서도, 엄마는 아버지를 구박하지 않았다. 참고, 이해하며, 진심으로 응원해 주었다. 언젠간 모두에게 행복이 올 것임을 기대하며, 버티고 버텼던 것이다.

하지만 아버지의 삶은 결국 무너졌다. 엄마의 삶을 책임지지 못했고, 자신의 삶을 엄마에게 떠안겨 버리기까지 했다.

그렇다. 아버진 엄마의 인생을 망쳤다. 엄마는 아버지를 만나지 않았으면 더 좋은 집에서, 더 좋은 사람과, 더 나은 삶을 살았을 게 분명하다. 이것도, 내가 아버지를 미워하게 된 또 다른 이유다.

집은 텅 비어 있었다. 애꿎은 벽시계 소리만 귓바퀴에 강하게 맴돌았다. 째각째각 소리는 몸짓을 재촉하는 듯 점점 빠른 템포로 들려왔다. 나쁜 짓을 하는 것도 아닌데, 불안한 마음이 엄습했다. 이상하게 엄마한테 들키면 안 된다는 생각이 들었다. 엄마가 갑자기 들이닥칠지 모른단 생각에 가방만 던져 놓고 안방으로 부리나케 들어갔다. 스파이 영화의 비밀 요원이 된 기분이었다.

화장대 위엔 지난번 청소할 때 보았던 서류들이 그대로 쌓여 있었다. 난 그것들을 조심스럽게 살펴보았다. 대부분은 평범한 고지서들이었다.

서류를 계속 살피다 나도 모르게 정말 출생의 비밀이 있는 게 아닐까 싶어 그 흔적을 찾는 데 집중하고 있는 스스로를 발견하고 민망해서 멋쩍은 웃음이 나왔다. 한 장 한 장 넘기다 보니 조금 수상한 서류도 눈에 들어왔는데, 서류 아래쪽에 '변호사 사무소'라는 도장이 찍혀 있었다. 생각보다 여러 장이었다. 서류 내용을 이해하기엔 용어들이 너무 어려웠다. 죄다 한자들이었다.

'한자 공부 좀 더 제대로 할걸.'

인식이와 병주에게도 공부를 아예 안 하면 안 된다고 꼭 말해 줘야겠다는 쓸데없는 다짐을 하던 찰나, 반갑게도 아는 단어를 발견했다.

'피해 보상?'

아버지가 사고를 쳤나? 엄마가 사고를 당했나? 큰 사고일까? 별일 아니지 않을까? 별일 아닌데 변호사까지 관여할 필요가 있을까? 온갖 질문들이 머리를 때리기 시작했다. 어떤 질문도 답을 할 수 있는 것이 아니었고, 그 질문들을 고스란히 껴안은 채로 집을 나와야 했다. 엄마가 올 시간이기도 했고, 브리핑 시간이 다가오기도 했다. 다시 비밀 요원이 되어 슬그머니 집 밖으로 나왔다.

비밀 요원의 침투 작전치곤 꽤 자연스럽게 계단을 내려갔다. 그리고 정말 영화 같은 장면을 목도하고 말았다.

'혹시?'

날렵하게 까만 승합차 뒤로 몸을 숨겼다. 고개를 빼꼼 내밀어 다시 살펴보아도 엄마가 분명했다. 엄마는 어둠 속에서도 번쩍번쩍 광이 나는 차에서 내렸고, 연이어 운전석에선 '내가 이 차 주인 맞아'라고 뽐내는 듯 세련미 넘치는 아저씨가 따라 내렸다. 둘은 한동안 웃으며 대화를 나눴고, 잠깐의 악수를 했다. 엄마는 그 아저씨가 다시 차를 타고 떠날 때까지 가만히 서서 바라보고 있었고, 미소를 띤 채 아파트 계단으로 향했다. 방금의 장면을 아무리 곱새겨 보아도 답이 나오질 않았다. 그 남자는 누구고, 엄마의 표정은 왜 그리 밝아 보였을까. 그간 엄마에겐 경험해 보지 못했던 감정이 치솟았다. 엄마가, 수상스러웠다.

2부

1. 불길한 예감

요한 크루이프가 FC바르셀로나 감독에 부임한 후 얼마 지나지 않아 1군 선수들을 소집했다. 자신이 추구하고자 하는 새로운 전술을 소개하기 위해서였다. 그런데 선수들은 의아해했다. 그가 소개한 전술을 가만히 살펴보니 수비수는 단 세 명에 불과했기 때문이었다. 결론적으로 이는 혁명이었지만, 처음부터 곧이곧대로 받아들이는 선수들은 극히 드물었다. 당시에는 보편적으로 넷에서 다섯 명의 수비수를 배치하는 게 일반적이었고, 자신감을 갖는 것과 전술을 이해하는 것은 엄연히 별개였다. 그래서였을까? 크루이프가 FC바르셀로나에 부임하고 두세 시즌의 성적은 그리 좋지 못했다. 더구나 크루이프의 공격 지향적인 축구는 겉으로 보면 위험적인 요소가 너무 많았다. 축구 경기는 90분 동안 이뤄지고, 그 시간 내내 공격만 할 수는 없는 노릇이니까. 당연히 공격과 수비의 균형을 이뤄야 한다는 견해가 지배적인 상황에서 처음부터 이를 경기에 녹여 내기는 쉽지 않았을 것이다. 그럼에도 불구하고 크루이프는 자신의 전술을 확고하게 밀어붙였다.

"나는 1 대 0보다 5 대 4로 승리하길 원한다."

상대를 이해시키기 위해선, 그 목적과 의도가 명확해야 한다. 애매하고 허황된 이야기는 불신과 좌절을 안겨 줄 뿐이다. 요한 크루이프의 이 말은, 선수들의 실점에 대한 두려움을 없애 주었다. 한 골을 헌납하면 두 골을 넣어 역전해 버리면 된다는, 공격 축구를 지향하는 크루이프의 명료하고도 확실한 이야기가 차츰 선수들의 공감과 이해를 이끌어 내기 시작했다. FC바르셀로나 선수들은 점점 경기를 즐기기 시작했고, 모든 경기에서 마치 열한 명 모두가 공격수인 듯 상대를 폭풍처럼 두들겼다. 반전은 없었다. 결국 FC바르셀로나는 1990년 이후 리그 4연패와 챔피언스리그 우승을 달성해 냈다.

축구부 숙소의 아침은 생각보다 여유롭다. 숙소가 학교 안에 있어서 우린 교통체증 따윈 염려할 필요가 없다. 샤워장도 비교적 넓은 편이고, 몇몇은 아예 씻지도 않는다. 그래서 우리의 아침엔 전쟁이 없다. 여유롭게 씻고 나와 축구부 전용 식당에서 잘 차려진 반찬들을, 잘 골라, 잘 먹기만 하면 된다. 게다가 팀 성적이 좋아지면서, 처음 입학했을 때에 비해 반찬의 질이 상당히 좋아졌다. 지난 4월, 춘계 도대회에서 우리 팀은 창단 첫 우승을 거머쥐었고 소시지나 햄, 제육볶음, 계란찜 정도였던 식단이 장어구이, 삼계탕과 같은 고급 메뉴로 바뀌었다. 경기가 끝난 뒤엔 며칠간 특식이 제공되기도 하는데, 랍스터구이나 스테이크가 나오는 날엔 다들 먹방 유튜버는 저리 가라는 듯 식판에 코를 박았다. 이러한 변화는 다 감독님의 건의 때문에 가능했던 일이었다. 우승컵을 들고 교장실에 들어가서 가장 먼저 했던 말이 '영양사 교체 및 식단 업그레이드'였던 것. 잘 먹는 것을 넘어 팀 전체의 사기가 부쩍 올라갔다. 단순한 것일 수도 있지만, 그 단순한 변화가 많은 것을 바꾸었다. 부원 전체의 목표 의식이 전보다 훨씬 강해질 수 있었으니까.

새로 온 영양사님은 매달 세계음식의 날이라는 이벤트를 진행했는데, 지난달엔 인도 요리가 코스로 나왔다. 매콤한 버터치킨커리를 난에 올려서 먹는 그 맛은 정말 일품이었고, 후식으로 나온 라씨라는 인도 전통 음료도 기가 막혔다. 살짝 불이 난 속을 야무지게 달래 주는 그 달달한 맛이 좋았다. 난 인식이처럼 가리지 않고 다 잘 먹는 것도 아니고, 병주처럼 특정 음식만 선호하지도 않는다. 다만 한식, 중식, 일식, 양식 심지어 인도 요리가 나오든 무엇이 꼭 어울리는 조합인지를 생각한다. 매운 음식이 있으면 달래 주는 음식이 있어야 한다는, 뭐 그런 식이다. 한 가지 강한 맛만 있으면 쉽게 물려 버리고 만다. 그런 면에서 커리와 라씨는 내 입맛에 제격이었다.

감독님이 만든 규칙 중에는 '아침 식사 거르지 않기'가 있는데, 1학년 초반에나 힘이 들지, 금방 적응해서 누구도 아침을 거르지 않는다. 덕분에 다들 체력이 좋고 컨디션 조절을 잘하는 편이다. 오늘 아침 메뉴는 조금 평범했다. 찹쌀밥, 아욱 된장국, 오리훈제구이와 무쌈, 영양 부추무침, 배추김치, 그리고 왕 계란말이. 물론 조합은 나쁘지 않았다. 그렇지만 병주의 까다로운 입맛에는 영 성에 차지 않았던 모양이다.

"나는 아침 먹을 때마다 나오는 이 국이 너무 싫어. 늙은이가 된 기분이야."

애처로운 눈으로 병주를 바라보다 인식이가 말했다.

"윤병주. 아프리카 아그들은 먹을 게 없어서 굶어 죽어 나가고 있다는 건 아나? 그냥 감사히 무라. 억수로 맛있구만. 썬 봐라. 야무지게 잘 먹네."

나는 말없이 오물오물 씹기만 했다. 대꾸할 여력이 없었다.

"썬, 어제 다녀온 것 때문에 그래? 왜 계속 말이 없냐."

병주의 목소리엔 진심 어린 걱정이 담겨 있었다. 정확히는 걱정 반, 궁금증 반이었을 거다. 말하기가 싫었지만, 그래도 내 답을 기다리는 둘에게 미안해서 집에서 본 서류들에 대해 자세히 들려주었다. 물론, 멀리서 목격한 엄마와 정체 모를 남자의 이야기도. 둘은 또 탐정 놀이를 시작했다.

"그 아저씨가 네 병원비 내준 사람인 거 아닐까?"

"어떤 관계인지 그거부터 알아야 한 데이."

"그거! 출생의 비밀! 그 사람이 썬 진짜 아버지였던 거지."

"썬, 니 진짜 아부지 찾은 거 아이가?"

둘의 대화는 정말 갈수록 가관이었다. 자꾸 낄낄대며 이상한 말을 하니 기분이 상하기도 했다. 선을 넘을락 말락 조마조마한 기분이었다.

"니들은 축구부 때려치우고 영화나 만들어라. 말이 되는 소릴 해야지."

그때, 갑자기 인식이가 내 팔목을 부여잡고 말했다. 뭔가 의미심장한 말을 하려는 것 같았다.

"썬. 니, 내 말 듣고 기분 나빠 하믄 안 된 데이. 어디까지나 가능성이다. 가, 능, 성!"

난 격하게 인식이의 손을 뿌리치며 답했다.

"아, 그만 좀 해. 그만 먹고 가자. 이제 못 들어주겠다."

"가만있어 봐라. 니네 엄마가 혹시 말이다. 혹시……."

순간 인식이가 무슨 말을 하려고 하는지 눈치를 채 버렸다. 자리를 박차고 일어나 소리쳤다.

"아, 씨. 진짜. 닥치라고 좀! 적당히 하란 말이야! 네가 그런 헛소리를 해대니까 인식오류란 소리나 듣는 것 아냐!"

급식실 전체에 정적이 흐르자 병주가 다급히 일어나 나를 말렸다.

"박인식, 김선! 그만하고 가자! 왜들 이래!"

인식이의 말에 화가 났던 건 어림도 없는 말을 해서가 아니었다. 그 가능성을 나도 조금은 염두에 두고 있었기 때문이었을지 모른다. 내 눈에 비친 엄마의 미소는 그간 보아 왔던 그것과는 조금 달랐으니까. 자꾸만 입안에서 매운맛이 느껴졌다.

2. 세상의 빛

1교시는 다행히 한문이었고, 담임 선생님 얼굴을 보자 조금 진정이 되었다. 오늘 수업 주제는 자기 이름 쓰기. 선생님은 무작위로 학생들을 콕 집어 자기 이름을 한자로 쓰게 했고, 그 이름의 뜻풀이를 해 주셨다. '호준'이는 재주와 지혜가 뛰어난 사람, '정아'는 곱고 우아한 사람. 하필이면 선생님은 나를 콕 집으셨다. 나는 솔직히 한자 이름 같은 건 몰랐다. 열아홉이 되도록 내 이름 뜻은 고사하고 한자로 이름을 쓸 줄도 모르다니, 참 한심했다.

"아무리 유럽 진출할 스타더라도, 이름 정도는 한자로 쓸 수 있어야지. 본인 이름 한자로 몰랐던 친구들, 다음 시간까지 꼭 알아 와야 한다!"

담임 선생님은 숙제를 내주셨다. 나에겐 따로 '착할 선'이라는 글자를 쓰는 게 아니겠냐는 의견을 말해 주셨는데, 그냥 영어로 'SUN'이라고 하는 게 더 나을 거라는 말도 덧붙이셨다. 뒤에 말은 우스갯소리였겠지만, 내가 볼 땐 둘 다 가능성이 있어 보였다. 부모라면 누구나 자식이 착하게 살길 바라지 않을까? 하늘의

태양처럼 위대한 인물이 되길 바라는 마음을 가질 수도 있고.

한문 시간이 끝난 후 2교시는 수학이었는데 그때부터 멀쩡했던 머리가 지끈지끈 아프기 시작했다. 급식실 소동 때문이었던 걸까. 진통제를 먹어도 소용없었다. 온갖 의문으로 가득 찬 머릿속이 멀쩡할 리가 없을 것 같으면서도, 뭔가 조짐이 좋지 않다는 생각도 들었다. 학교에서 갑자기 쓰러지면 온 학교가 난리가 날 것이다. 119 구급차가 요란하게 사이렌을 울리며 달려올 것이고, 교실마다 학생들이 창문에 매달려 무슨 일인가 하며 난리를 피울 것이다. 어쩔 수 없이 수학 수업이 끝나는 종소리와 함께 담임 선생님께 찾아갔다. 병원에 다녀오겠다는 말씀을 드렸다.

"선아, 어디가 많이 아프니?"

"그냥 머리가 좀……."

"혹시 요즘 고민이라도 있니?"

선생님이란 직업은 아무나 가질 수 있는 게 아니었다. 말도 하지 않았는데 속내를 정확히 읽어 내다니. 마음 같아선 모든 걸 다 털어놓고 싶었지만, 당장은 학교 밖으로 나가고 싶다는 욕구가 더 강했다. 말없이 고개를 떨구고 있었다.

"선이 얼굴에 다 쓰여 있어. 요즘 뭔가 고민이 있나 보네. 혹시라도 답답해서 말할 곳이 필요하면 언제든지 찾아와. 지금은 병원에 가는 김에 바람도 좀 쐬고 오고."

선생님 말엔 언제나 마법 같은 힘이 있다. 그 힘이 내게 고스란히 전해져서 나 역시 기운이 솟아나곤 한다. 든든한 내 편이 있다는 생각이 들어서인지 조금은 나아진 상태로 교문 밖을 나설 수 있었다.

하지만 잠시뿐이었다. 학교 밖으로 나오면서 속이 답답하고 어지러워지기까지 했다. 선생님 말씀처럼 어디론가 가서 안정을 취하긴 해야겠다 싶었지만, 딱히 갈 곳이 없었다. 집으로 가고 싶진 않았고, 혼자 PC방이나 노래방에 가는 건 더더욱 싫었다. 결국 정처 없이 걸었다. 한 걸음, 두 걸음, 걸음을 내딛을 때마다 자꾸만 엄마의 얼굴이 슬라이드 쇼처럼 지나갔다.

'엄마도 힘들었을 거야, 이해해 줘야 해'

'아무것도 확신할 만한 것도 없으면서, 뭘 이해해 줘야 한다는 거지?'

작은 김선 두 명이 머릿속에서 다툼을 이어 가고 있었고, 나는 이 모든 게 다 인식이 때문이라고 생각했다. 아니, 일부러라도 그렇게 믿기로 했다. 왠지 그래야만 할 것 같았다.

걸음은 알아서 버스 정류장으로 날 이끌었고, 홀린 것처럼 익숙한 32번 버스에 몸을 실었다. 정확히는 버스에 타서 자리에 앉고서야 내가 버스를 탄 사실을 알았다. 어디서 내려야 할지 고민하다가 노선도를 살펴보았는데, 터미널에서 출발하는 32번 버스는 학교 앞에서 7개 정류장을 지나면 의사 아저씨가 일하는 병원에 도착하고, 거기서 또 7개를 더 가면 우리 집 앞에 서게 된다. 항상 집까지만 가면 벨을 눌렀던 버스였기 때문에, 우리 집 앞에 날 내려 준 이후에도 멈추지 않고 달린다는 것은 생각해 보지 않았다. 정류장의 총 개수는 무려 서른세 개였고 시와 시를 넘나드는 매우 긴 노선이었다.

정류장 한 곳 한 곳에 멈출 때마다 두통은 거짓말처럼 잦아들기 시작했다. 병원이 가까워져서 마음이 편해진 것 같기도 했다. 다행이었다. 다음 정류장이 병원임을 알리는 안내 방송을 듣고는 바로 벨을 눌렀고, 몇몇 어르신들과 함께 버스에서 내렸다. 선생님께 말한 것과 달리 애초에 병원에 갈 계획은 없었지만, 괜히 그래야만 할 것 같았다. 하지만 버스에서 내리자 두통이 말끔히 사라져 반대편으로 건너가 다시 버스를 타고 학교로 돌아가야겠다며 혼자 중얼거렸다. 그런데 내 중얼거림을 듣기는 한 것인지, 발걸음은 제 마음대로 병원 안으로 몸을 이끌었다.

병원 안을 천천히 둘러보았다. 주변을 둘러볼 수 있다는 건 목적 없이 찾아왔기에 가능한 일이었다. 신기했다. 병원 안엔 32번 버스 노선도의 정류장만큼, 아니 그보다 훨씬 더 많은 사람들이 가득했다. 멈추지 않는 기침으로 답답해하는 사람도, 누군가의 부축을 받아야 걸을 수 있는 사람도, 긴급히 침대에 실려 이송되는 사람도 있었다. 나의 침입을 확인할 겨를도 없이 병원 안 세계는 바쁘게 흘러가고 있었다.

'세상엔 아픈 사람들이 정말 많구나.'

아마 한 층 한 층 올라가다 보면 나와는 비교도 안 될 고통 속에 허덕이는 수많은 이들을 마주하게 될 것이다. 물론 내가 진통제로 버티는 중이긴 하지만, 그렇다고 지금 당장 죽는 건 아니었으니까. 그들을 직접 만난 것도 아닌데, 절로 위로받는 기분이었다. 그때였다. 하필이면 동료들과 걸어가던 의사 아저씨와 눈이 마주쳐 버리고 말았다.

"선아, 이 시간에 어쩐 일이냐? 학교 있을 시간 아니냐?"

의사 아저씨는 의아해하며 물었다. 당연한 반응이었다. 병원에 오는 데엔 자신을 만나러 올 이유밖에 없질 않은가. 미리 약속

하지 않은 만남에 궁금해하는 건 당연했고, 두통에 대해 언급하면 당장 입원하자고 얘기할 것이 뻔했다. 그렇다고 둘러댈 말이 딱히 떠오르지도 않았다. 머리를 한창 굴리고 있던 그 찰나에, 뇌리를 스치고 간 한 가지가 있었다.

"아, 아버지한테 물어볼 게 있어서요."

어쩌자고 이런 말을 했을까. 아저씨는 동료들에게 먼저 가라는 손짓을 한 뒤 뭔가 결심한 듯 나를 이끌었다. 아저씨는 나를 힐끗힐끗 쳐다보며 정신과 격리병동으로 안내했다.

아버진 한 달 전 의사 아저씨를 직접 찾아와 자신을 입원시켜 달라 부탁했다고 한다. 한 달째 치료 중인 아버지는 어떤 모습일지 상상이 되질 않았다. 변한 아버지의 모습은 내가 가진 미움의 칼날을 무뎌지게 할 수 있을까. 이 갑작스러운 만남이 나에게 어떤 영향을 주게 될까.

격리병동까지는 생각보다 꽤 거리가 있었다. 한참을 걸은 뒤 나타난 병동 안내데스크에서 의사 아저씨는 간호사분과 이것저것 이야기를 나눈 후 내게 말했다.

"큰 결심을 했구나. 다행히 대화를 나눌 수 있을 것 같다. 여기서 기다리면 간호사 선생님이 안내해 주실 거야. 조금만 기다리렴. 나는 일이 또 있어서 이만 가 보도록 하마."

보호자 대기석에 잠시 앉아 간호사분의 호출을 기다리는데 불안했는지 다리가 덜덜 떨려 왔다. 기왕 이렇게 된 거 한자 이름 뜻풀이나 물어보고 빨리 나가야겠다고 생각했지만, 학교에서 나오지 말 걸 자꾸 후회가 되었다.

잠시 뒤 간호사분이 나에게 손짓했다. 아버지의 병실로 안내해 주었고, 병실 문 앞에서 들어가라는 눈짓을 한 뒤 돌아가셨다. 나는 땅이 꺼질 듯 큰 한숨을 내쉬었다. 병실 문 앞엔 아버지의 이름이 적혀 있었다.

'김현준'.

나에게 세상 최고의 이름이자 최악의 아픔이었던 이 세 글자. 침을 꿀꺽 삼키고 문을 열었다. 1113호 병실보다 더욱 어두운 아버지의 병실엔 유독 한 줄기 햇살만이 강하게 드리워져 있었다. 그리고 그 햇살 속엔 아버지가 있었다. 어둠은 아버지를 지켜 주는 햇살을 이겨 내지 못했다.

난 창밖을 내다보고 있는 아버지의 뒷모습만 한참 바라보았다. 아버지도 내가 부를 때까지 아무런 미동도 보이지 않았다.

"아버지……. 저예요."

그제야 아버지가 눈을 찡그린 채 고개를 돌린 순간, 눈을 의심했다. 아버지의 얼굴은 고목나무 껍질처럼 말라비틀어져 있었다. 한때 건장한 군인의 모습을 보였던 사내의 모습은 절대 상상할 수 없는 몰골이었다.

"여기까지 어쩐 일이냐."

아버진 한겨울 딱딱하게 굳은 학교 운동장 같은 거친 목소리로 말했다.

"그게……."

"대충 듣긴 들었다. 너, 몸은 괜찮은 거냐?"

"괜찮아요."

서로 말을 멈춘 채 대치 상황이 이어졌고, 아버진 다시 고개를 돌려 햇살과 눈싸움을 하기 시작했다. 축구 시합을 할 때 강팀을 만나면 팀의 정신력은 더욱 강해지지만, 약체와 맞붙었을 땐 오히려 경기력이 떨어지기도 한다. 지금이 딱 그런 상황이었다. 약해진 아버지 모습에 괜히 마음이 흔들렸다. 실제로 경기가 잘 안 풀릴 때 그랬던 것처럼 최대한 실리를 추구하는 전략을 써야 했다. 내용이 좋지 않더라도, 얻어 낼 부분만 얻어 내면 충분히 만족할 수 있는 경기가 된다.

"궁금한 게 있어요."

아버진 다시 고개를 내 쪽으로 돌려 날 지긋이 바라봤다.

"제 이름이요. '선'은 어떤 한자를 쓰는 거예요?"

예상대로 착할 선? 아님 먼저 선? 아는 한자가 별로 없다 보니 생각의 진행은 딱 거기까지였는데, 뜬금없어하던 아버지는 살짝 옅은 미소를 지었다.

"선."

"네?"

"선이라고. 선."

아버지의 정신 상태에 대한 의문이 움틀 무렵, 다시 아버지가 말했다.

"선. 점이랑 점을 잇는 그 선 말이다."

전혀 생각지도 못한 답이었다. 내 이름의 선은 의미도 똑같이 '선'이었다. 내 예상이 틀려서인지, 뜻풀이가 맘에 들지 않아서인지 나도 모르게 갑자기 화가 치밀었다. 난 아버지의 답에 쏘아붙이며 물었다.

"왜 그렇게 지었어요? 뭘 이어야 하는데요? 이름 제대로 지은 거 맞아요?"

"세상엔……."

아버지는 천천히 내 쪽으로 다가오며 말했다.

"세상에 뭐요? 어디 가서 소개팅이라도 주선하라는 말인가요?"

"세상엔 말이다. 이어 주어야 할 것들이 참 많아. 꼭 남녀만이 그 대상인 게 아냐. 그 관계가 친구일 수도 있고, 선후배일 수도 있고, 또…… 가족일 수도 있고. 누군가는 그 이어 주는 역할을 해야 하지. 엄마와 난 네가 그런 역할을 하는 사람이 되었으면 했는데……."

아버지가 채 말을 마치기도 전에 병실 문이 덜컹하고 열렸다. 경기가 과열되는 상황에서 마침 간호사분의 등장은 경기 종료 휘슬 역할을 제대로 해 주었다. 아버지가 담당 의사 선생님과 상담 시간이 잡혀 있다며, 마치 코치가 선수를 보호하듯 아버지를 부축해 복도로 나가 버렸다. 얼른 복도로 뒤따라 나가 아버지의 뒷모습을 노려보았다. 그래, 아버진 옛날부터 참 멋진 말을 많이 해 주었다. 그랬던 사람이 누군가의 도움 없인 걷지도 못하는 나약한 모습으로 추락해 버렸다니. 믿기지 않았다. 더군다나 날 세상과 이어 주지도 못했던 사람이……. 숙제를 떠안기듯 헛소리만 남긴 아버지가 또 싫었다.

'아버진 정말 말뿐인 사람이구나.'

패배감이 몰려왔다. 그간 숱한 경기에서 패배하긴 했지만, 그때마다 난 절대 좌절하지 않았다. 뜨거운 복수심으로 다음 경기를 준비하곤 했다. 그리고 이번에도 마찬가지였다.

'나는 빚을 진 사람이 아니다. 이 세상이, 나에게 빚을 진 거지.'

3. 복수의 결심

저녁 시간 전에 모든 훈련이 끝났고 따로 전술 브리핑 시간도 없어서 오랜만에 여유가 생겼다. 병주는 이 타이밍을 놓치지 않고 외출을 제안했다. 인식이와 나를 화해시키기 위한 나름의 작전이었음을, 아주 쉽게 눈치챘다. 우린 학교에서부터 시내 상가까지 가는 동안 단 한마디도 하지 않았다. 단골 아이스크림 가게에 들어가 앉아서도 휴대폰만 만지작거릴 뿐 냉랭한 기운을 유지했다. 결국 참다못한 병주가 말했다.

"이제 그만들 좀 해라. 온종일 말도 안 하고, 이게 뭐냐."

병주가 아이스크림 가게로 장소를 정한 건 정말 신의 한 수였다. 알록달록한 가게 인테리어 덕분인지, 기분도 살짝 밝아지는 느낌이었다. 솔직히 순간적으로 소리를 지르긴 했지만, 그리 심각한 상처를 받았던 건 아니지 않나. 그냥 생각이 많아서 짜증이 났을 뿐이지. 내 일을 본인들 일처럼 챙겨 주는 이 녀석들에게 고마우면 고마웠지, 화를 낸다는 건 상상할 수 없는 일인데 말이다. 부드럽게 우리의 관계를 회복하기 위해서, 병주가 깔아 준 판을 자연스레 살려 내기 위해서, 난 나름의 전략을 시행하기로 했다.

"병주야. 나 지금 아무렇지도 않은데? 왜? 무슨 일 있었어? 인식아, 너 뭔 일 있어?"

역시나 인식이는 눈치 빠르게 내 말을 받아 주었다.

"아닌데? 내도 아무 일 읍다. 병주 니 뭔 일 있나? 내는 게임 레벨 올리느라 정신이 빠져가꼬 몰랐는데?"

병주는 어이가 없다는 듯 우릴 번갈아 가며 쳐다보았다. 그러더니 혼자 웃음을 터뜨렸다. 오히려 반대로 인식이와 내가 병주를 멍하니 바라보게 되었고, 결국 우리 셋은 모두 신나게 웃어 버렸다. 그렇게 우린 화해란 걸 했다. 전략은 대성공이었다. 이게 먹히니까, 친구라고 하는 거다.

"정말 골 때리는 새끼들이야, 너희는."

병주는 우릴 노려보며 말했다. 그러면서 두꺼운 팔뚝으로는 조그마한 숟가락을 들고 본격적으로 아이스크림을 퍼먹었다. 그 거친 말투마저도 반갑고 고마웠다. 사실 병주가 이렇게 자리를 마련해 주지 않았으면 인식이와 난 내일도, 모레도, 계속 냉랭한 상태였을지 모르니까.

"어쨌든 내 일로 신경 많이 써 줘서 고맙게 생각하고, 기왕 도와주는 것 좀만 더 도와주라."

"와? 드디어 니 돈 내준 사람 찾은 기가? 누군데?"

정말로 휴대폰으로 게임 레벨을 올리느라 정신이 없던 인식이가 고개를 들어 나를 빤히 쳐다봤다. 눈만 나를 향한 것이 아니라 정말로 손가락도 움직임을 멈춘 상태였다. 병주도 마찬가지였다. 나도 숟가락을 내려놓고 본격적으로 내 속내를 털어놓았다.

"차라리 뭔가를 해야 한다면 복수를 하고 싶어. 스스로를 빚진 사람으로 여기고 싶지 않아. 나는 내가 살면서 빚이나 지고 살았다고 생각하지 않거든. 아니, 그렇게 생각하면 안 될 것 같아."

복수라는 말에 우릴 둘러싸고 있던 공기는 가게 분위기가 민망할 정도로 무거워졌다. 결국 아이스크림이 녹아 아몬드의 속살이 다 드러날 때까지 둘은 말이 없었다. 인식이는 한참 만에 다 녹은 아이스크림을 물 마시듯 들이켜더니, 어색하게 무슨 연기라도 하듯 말했다.

"참, 참말이가? 이거 완전 영화 한 편 찍는 거 아이가? 내 완전 두근두근한다잉!"

귀여워하기엔 조금 민망하기도 해서, 나는 얼른 다음 화제를 꺼냈다.

"그런데……. 어떻게 하는 게 복수인지도 잘 모르겠어. 당한 대로 똑같이 할 수는 없잖아."

"누구한테 할 낀데? 정해 놓은 사람 있나?"

"그게 문제야. 막상 하려고 했더니 가슴에 무언가 쌓여 있는 기분이기는 한데 누구한테 뭘 어떻게 해야 하는 건지 도통 감이 안 와. 뭔 경험이 있어야 말이지. 너희는 복수 같은 거 해 본 적 없냐?"

조용히 듣고만 있던 병주가 무언가 단단히 결심한 듯 결의에

찬 표정으로 말했다.

“없긴 왜 없어. 너 아직도 그 일만 생각하면 괴로워한다는 거, 내가 알고 있거든?”

“내가? 내가 무슨……. 아, 혹시?”

“그래. 초등학교 3학년 때 담임. 너 때렸던 사람.”

왜 그 생각을 못 했을까. 분명 내 열아홉 인생을 통틀어 가장 강력한 한 방을 먹였던 사람이었는데 말이다.

“맞네! 썬이 니도 찾아가서 확 때리뿌라! 괘안네!”

인식이도 옆에서 병주의 말을 거들었다.

“잡혀갈 일 있냐? 때리긴 뭘 때려.”

복수 대상을 선정하는 건 꽤 그럴듯했지만, 그렇다고 똑같이 갚아 주는 건 정말 말이 되지 않았다. 병주는 가슴을 치며 답답해했다.

“복수라는 게 말야, 꼭 물리적으로 주먹질을 하거나 그런 것만 있는 건 아냐. 가서 시원하게 쏘아붙이면 되는 거지. 나 기억하쇼? 그때 당신한테 뒤지게 맞았던 김선이올시다!”

“그라고 나면 끝이가? 너무 허무하지 않나?”

내가 한심하다는 표정으로 노려보자 인식이는 고개를 돌리며 딴청을 했다. 병주는 다시 나를 향해 말을 이었다.

"아니지. 사람들 다 있는 곳에서 당당히 말해 줘야지. 이 사람이 지금 당신들 앞에선 어떻게 살고 있는지 모르겠지만, 10년 전에 나 때려서 머리를 심하게 다치게 한 작자다. 이 사람이 내 인생 망친 사람이다. 나는 이 사람 때문에 죽을병에 걸렸다. 당신들도 조심하는 게 좋을 거다! 이렇게 다 떠벌리는 거야."

"맞네, 맞네. 아직 선생하고 있지 않겠나? 학교로 찾아가뿌라!"

"그 일하고 내 병은 별개지. 근데 그게, 무슨 효과가 있을까?"

"효과 있지. 잘 생각해 봐. 교무실 같은 데서 확 떠벌리면 거기 있는 사람들이 어떻게 생각하겠냐. 이제부터 쓰레기 취급받는 거야. 원래 어른들 사회생활이란 게 그래. 한 번 어긋나면 그 길로 아웃이라고. 그리고 너, 그 사람 말고 딱히 생각나는 사람 있어? 일단 한번 해 보자니까."

겉으로만 어른 외모인 줄 알았던 병주가 정말 어른들의 세계를 접해 본 것처럼 장황한 설명을 이어 갔다. 덩치만큼 든든함이 느껴졌다. 물론 복수라는 표현은 좀 어색하긴 했지만, 답답했던 마음이 한결 가벼워지긴 했다. 이번 기회로 10년간 사라지지 않던 응어리를 털어 버릴 수 있겠다는 설렘마저 피어나기 시작했다. 믿음직스러운 감독, 코치님을 동반한 나의 화려한 공격 전술이 비로소 펼쳐지는 순간이었다.

처음 들어설 때와는 달리 희희덕거림을 왕창 쏟아 내며 가게를 나선 우린 두 정류장에 불과한 학교까지의 거리를 걸어갈 것인지, 늦었으니 버스를 타고 갈 것인지를 고민하고 있었다. 아무래도 팀 주장인 병주는 너무 오래 숙소에서 벗어나 있던 걸 걱정했다. 그런 병주를 보며 인식이는 융통성이 없다고 구박을 했다. 난 둘의 논리 없는 언쟁을 지켜보며 별생각 없이 서 있었는데, 순간 몸이 굳어져 버렸다. 도로를 달리는 차들의 굉음을 뚫고, 익숙한 목소리가 귓가에 전해졌기 때문이다. 하필이면 내 청력은 이럴 때 힘을 발휘한다. 내 시선이 머문 곳을 찾던 인식이와 병주도 오래지 않아 같은 곳을 바라보았다. 상대 팀이 심어 놓은 첩자에게 전력을 노출당한 기분이라 해야 할지, 사실 첩자는 아니니까 그냥 예상치 못한 심리적 타격이라 하면 될지 헷갈리긴 하지만, 어쨌든 그 모습은 우리에게 분명 적잖은 충격이었다. 특히 나에게 더욱 그랬다. 인식이는 '거 봐, 내가 뭐랬어!'라며 속으로 외쳤을 것이고, 병주는 겨우 회복된 팀워크가 깨질까 두려웠을 것이다.

엄마였다. 엄마는 길 건너 레스토랑에서 막 나오고 있었다. 물론 그 아저씨와 함께. 꽤, 다정한 모습이었다.

요한 크루이프가 FC바르셀로나의 감독직을 맡아 성공 가도를 달리고 있을 때, 팀의 주축이던 스토이치코프와 호마리우는 '누가 진정한 에이스인가'를 놓고 자주 설전을 벌였다. 둘 다 그럴 만한 실력자들이었다. 하지만 크루이프는 그들을 비웃었다. 크루이프는 '너희가 아무리 논쟁해 봤자 날 이길 수 없다'라는 말을 하며 이들에게 '크로스바 맞추기' 시합을 제안한다. 일정 거리에서 공을 차 골대를 맞히는 시합이었다. 호기롭게 시작했지만 스토이치코프는 열 번 중 두 번, 호마리우는 세 번밖에 맞히질 못했다. 그리고 크루이프는, 여섯 번을 맞혀 버렸다. 호마리우가 결과에 승복하지 못하고 크루이프에게 계속해서 따지자, 크루이프는 그 앞에서 자신의 주발이 아닌 왼발로 공을 강하게 차 다시 한번 크로스바를 맞혔다. 이 장면을 본 호마리우는 결국 아무 말도 하지 못한 채 라커룸으로 향해야만 했다.

상대를 제압하는 것은 말의 힘이 아니다. 행동으로 강력한 한 방을 날려 줘야 그 누구도 꼼짝하지 못하는 것이다. 크루이프는 절대 입으로만 떠드는 사람이 아니었다. 늘, 증명했다.

4. 담임을 찾아서

우린 이튿날 점심시간, 급식실에서 만났다. 요즘 훈련이 고된 탓인지 둘은 지쳐 보였다. 특히 인식이네 반 오전 수업에는 수학과 과학이 다 들어 있었다고 했다. 인식이는 본인의 득점 개수 말고는 숫자에 관심이 없는데, 그런 녀석에게 여러 숫자와 수많은 공식으로 가득한 수업들은 거의 고문에 가까웠을 거다. 창백해진 인식이의 얼굴은 좀비나 뱀파이어 같은, 영화 속에나 나올 법한 몰골이었다. 난 그래도 국어 수업이 있어 버틸 만했던 오전이었다. 역사나 한문이었으면 더 좋았겠지만. 현대시 단원에서 반어와 역설에 대해 배웠다. 반어는 속마음과 반대로 이야기하는 표현 방법이고, 역설은 붙을 수 없는 것들을 붙여 놓은 표현 방법이라고 선생님이 말씀해 주셨다. 나름 신기한 내용이라 끝까지 둘의 차이를 구분하려 애써 보았다.

식판을 들자마자 금방 생기, 아니 핏기를 되찾은 인식이는 자신의 인터넷 검색 결과를 보고했다. 온갖 방법을 다 동원해 보았지만, 초등학교 3학년 때 내 담임의 현재 근무지는 알 수 없었다고 했다. 병주는 심지어 온 동네 초등학교에 다 전화를 걸어 보기까지 했다. 역시 성과는 없었다. 담임 행방을 찾는 게 후반 추가 시간에 동점 골을 넣고 승부차기 끝에 승리를 거머쥐는 일보다 어렵게 느껴졌다.

"그 선생, 이름을 바꾼 거 아이가? 내가 다 뒤져 봤는데 아무리 해도 안 나온다. 우야노?"

인식이는 별생각 없이 한 말이었겠지만, 충분히 가능성이 있었다. 아무리 애써도 찾을 수 없는 걸 보면.

"그래. 이름을 바꿨을지도 몰라. 다른 방법을 찾아야 해."

나보다 더 집중해서 방법을 고민하는 둘에게 너무 미안하고, 고마운 마음이 들었다.

"너희 고생시키려고 시작한 게 아닌데. 어떡하면 좋냐……."

내 말이 끝나자마자 둘은 갑자기 고개를 숙이고 애꿎은 반찬들만 뒤적거렸다. 그런데 갑자기, 인식이가 뭔가 떠오른 듯 흥분해서 말했다.

"니네들 어렸을 때 TV는 사랑을 싣고라고 본 적 읍나?"

병주와 난 동시에 인식이에게 시선을 돌렸다.

"거 보면, 그 리포터 아재가 직접 초등학교 찾아가거든?"

오늘따라 인식이의 머리가 잘 돌아갔다.

"그래서, 그래서. 찾아가서 뭐 어떻게 하는데? 얘기해 봐, 해 봐!"

물 들어올 때 노 젓는다고, 계속해서 병주는 인식이를 채근했다.

"거 가면 기록이란 게 있데이. 그 기록 같은 거 보믄 다음 근무지가 어딘지 알 수 있고, 또 거 가서 물어보면 또 다음 근무지를 알 수 있고."

"야, 썬. 얘 말 그럴듯하지 않냐? 너 나온 학교에 가 보자. 그러면 다음 방법이 뭔가 나오지 않겠냐? 지금 딱히 다른 방법도 없잖아?"

그럴듯한 건 맞긴 했지만, 조금 당황스러웠다. 고통의 현장을 찾아간다는 건 조금 두려운 일이기도 했으니까.

"그, 그럴까? 그럼, 오늘 훈련 끝나자마자 가 보자. 여기서 가는 버스도 있을 거야, 아마."

"훈련 끝날 때까지 우찌 기다리노? 퍼뜩 나가자!"

우린 급식을 먹자마자 학교 밖으로 뛰쳐나갔다. 학교에서 빠져나오는 건 그리 어렵지 않았다. 정문 수위 아저씨는 '다음 경기도 힘내라'라며 우릴 응원해 주시기까지 했다.

"와 이리 쉽노. 학교가 이렇게 허투루 해도 되는 기가? 학생이 대낮에 학교를 빠져나오는디 아무도 안 잡네?"

인식이는 신이 나서 마구 떠들어댔다.

"박인식, 윤병주. 근데 우리 이렇게 막 나와도 되냐? 훈련 안 가도 돼?"

"니가 지금 모르는 사실이 있다 아이가."

인식이가 대답했다.

"내가 뭘 모르는데?"

"오늘 우리 훈련 다 취소된 거 모르나?"

"취소? 갑자기 왜?"

그때 병주가 내 어깨에 팔 하나를 걸치고선 거만하게 이야기했다.

"내가 감독님께 건의했어. 요즘 애들 다 지친 것 같으니까 하루 정도는 쉬게 해 달라 했지."

"뭐야. 그게 된다고? 그럼 훈련 대신 수업 가야 하는 거 아냐?"

"고마 됐으니까 가자. 버스 몇 번이라 캤나?"

정류장으로 앞장서는 인식이 뒤를 병주가 뒤쫓았다. 병주는 고개를 돌려 눈썹을 가딱 들어 올렸다. '잔말 말고 따라오라는' 눈짓이었다.

학교를 찾아가는 길은 어렵지 않았다. 아니, 굉장히 쉬운 일이었다. 검색하면 다 나오는 세상이니까. 인식이와 병주는 그 쉬운 일을 하다 말고 의아하다는 듯 날 쳐다봤다.

"어? 이거 니네 집 가는 버스 아이가?"

"맞네. 32번. 썬, 너 이 버스 어디까지 가는지 몰랐어?"

정말이었다. 32번. 32번 버스의 종점은 오늘 우리가 향하는 목적지이자 내가 다니던 초등학교였다. 노선도를 살펴보기까지 했었는데, 왜 이걸 몰랐던 걸까.

"어, 바로 오네. 32번 버스 맞데이. 즈그 타야 된데이!"

버스 안엔 사람이 적지 않게 타고 있었지만 비교적 고요했다. 난 속으로 '이 시간에 학생들이 버스를 왜 타지'라고 생각하는 누군가가 있을까 조마조마했다. 조금 과한 걱정인 것 같긴 했지만. 아마 도둑이 제 발 저린다는 게 이런 모습이겠지. 인식이와 병주는 여행이라도 가는 듯 완전 들떠 있었기 때문에 나 혼자 슬며시 사람들의 눈치를 살폈다. 다행히 우릴 신경 쓰는 사람들은 없었다. 그런데 신기하게도, 버스를 탄 사람들에겐 모두 공통점이 있었다. 다들 귀에 이어폰을 꽂고 있다는 점이었다. 엄마 나이쯤 되어 보이는 파마머리 아주머니도, 우리보다 한두 살 정도 많아 보이는 노랑머리 대학생 형도, 저 앞에서 운전하고 있는 기사 아저씨도 모두 귀에 이어폰을 꽂고 있었다. 마치 견디기 힘든 소리들이 있는 듯했다. 나도 이어폰을 사서 끼워 볼까.

"우리, 이거 이름 하나 붙이는 거 어떻노?"

잠잠하던 인식이가 갑자기 몸을 돌려 물었다.

"이름? 무슨 이름?"

"우리 뭔가 영화 찍는 느낌이지 않나? 007 작전 같은 맛깔나는 이름 하나 만드는 거 어떻노? 007이 그 무슨 첩보 영화 아이가?"

"요즘 안 그러더니 또 오류 났냐. 그냥 가면 되지 뭔 이름이야."

병주는 못마땅해했지만 난 솔깃했다.

"그럼 우린 셋이니까 003 작전 어때?"

"오, 그기 괜안네. 003! 제이슨 본!"

"썬, 너까지 왜 그러냐. 003? 진짜 유치하다. 그리고 박인식! 제이슨 본이 아니라 제임스 본드거든?"

한심해하는 병주의 눈초리에 아랑곳하지 않고 난 계속 신나서 떠들었다.

"병주 너도 그 영화 아는가 보네! 그럼 네가 제임스 본드 해. 인식이는 제이슨 본. 나는 그럼 '김선 크루이프' 할게!"

"크루, 뭐? 그게 머꼬? 무슨 영환데?"

"썬이 요한 크루이프 광팬이잖냐. 딱 봐도 그거구먼. 그래, 그냥 네 맘대로 해라."

우린 한바탕 즐겁게 대화를 이어 나가다 또 지쳐서 멍을 때리기도 했다. 정류장이 워낙 많아서 버스에서의 시간은 짧게 마무리되지 않았다. 소풍 같던 시간이 점점 지루한 여정으로 변해 가고 있었다.

"썬, 내 근데 궁금한 게 있는데 물어봐도 되나?"

한참 창밖을 보던 인식이가 뭔가 생각났다는 듯 몸을 휙 돌렸다.

"뭔데? 말해 봐."

"절대 기분 나빠 하지 말고, 진짜 궁금해서 글타."

"그냥 말해, 괜찮아."

며칠 전 갈등에 대한 두려움 때문인지 인식이는 굉장히 조심스럽게 말을 했다.

"니 아팠던 거, 그 선생 때문은 아니라고 안 했나? 원래 복수에는 명분, 명분이 있어야 카거든. 그냥 맞은 게 억울해서 그런 기가?"

인식이의 질문은 사실 내가 나에게 던졌던 질문이기도 했다. 복수는 그저 날 위한 일이었으니까, 어쩌면 명분 따윈 전혀 없을지도 몰랐다.

"그게……."

"됐어. 그딴 건 또 왜 물어봐. 그냥 하고 싶으면 하는 거지. 썬, 신경 쓰지 마."

병주가 어색함을 깨기 위해 치고 들어왔다. 난 그냥 떠오르는 대로 내 마음을 말해 주었다.

“그냥, 궁금해서 그래.”

“궁금하다고? 뭐가 궁금하노? 그 인간 어케 사는지 그기 궁금한 기가?”

“아니, 그 기분이 궁금해. 사람이 사람을 이기는 기분. 난 지금 너무 심하게 패배자거든. 10년 전에 한 번 졌으니까, 이번에 한 번 이겨 보려고.”

질문했던 인식이도, 말리던 병주도 더는 말이 없었다. 우린 조용히 창밖을 보며 학교 앞 정류장에 도달하길 기다렸다.

버스를 타고 가는 길 위엔 꽤 야릇한 풍경들이 늘어져 있었다. 우리가 처음 버스를 탄 곳은 아파트 단지 안에 있는 정류장이었고, 그 주변은 상가 건물들이 빼곡히 둘러싸고 있었다. 그런데 버스를 타고 난 이후로 점점 건물 대신 논이나 밭이 넓게 펼쳐지더니, 또 어느샌가 도시 속 건물들이 나타났다. 계속해서 장면의 교환이 반복되었다.

‘저 논밭이 도시와 도시의 경계인 건가.’

물론 이 두 풍경이 함께 등장하지는 않았다. 버스 엔진 소리가 자꾸만 귓가에 울려서 머리가 아파졌고, 어떻게든 그 파고듦을 막기 위해 시답잖은 상상을 해 보았다. 아파트 단지 옆에 펼쳐진 논밭. 그 둘은 정말 어울릴 수 없는 걸까. 한참 모내기를 하다 새참을 먹기 위해 엘리베이터를 타는 농부의 모습을 상상하니 조금 우습기도 했다. 아까 국어 시간에 배운 역설이란 게 이런 느낌이구나 싶었다.

혼자 실없이 웃다가, 나를 생각했다. 난 지금 아프지만 아프지 않다고, 괜찮다고 중얼거려 봤다. 아마도 이건 반어일 것이다. 내가 있어야 할 곳은 병원이다. 학교나 그라운드 위가 아니다. 제자리를 찾고 있지 못하고 있는 나 자신이, 어쩌면 역설 그 자체일지도 모른다.

다행히 금방 학교 이름이 새겨진 표지판이 눈에 들어와서 슬퍼지려는 생각을 멈출 수 있었다. 우린 벨을 누를 필요도 없이 여유롭게 버스에서 내렸다.

10년 전 기억과는 조금 다른 모습의 건물이었다. 당시 학교는 1층짜리 건물이었고, 한 학년에 한 반씩만 있는 완벽한 소규모 시골 학교였다. 그 조그마한 건물은 주변에 있는 적당한 높이의 봉우리, 거울 같은 호숫가와 어울려 꽤 운치가 있었다. 그런데 지금 우리가 도달한 목적지는 운치보단 웅장함이 더 많이 느껴졌다. 언제 시골 학교였냐는 듯, 주변엔 아파트 단지도 꽤 많이 들어서 있었다.

"썬, 여기 맞나? 여 시골 아인데? 우리 동네보다 더 좋아 보이지 않나?"

인식이는 내 이야기로만 들었던 학교의 정경이 나보다 더 어색하게 느껴졌을 것이다.

"여기 앞에 호수 있지? 나 저기서 애들이랑 맨날 고기 잡고 놀았어."

둘은 갑자기 깔깔거리며 웃었다.

"고기? 뭘로? 작살로 잡았나? 니 완전 옛날 사람이네. 원시인이가?"

"얼른 갔다가 우리도 나와서 고기 좀 잡자. 썬, 네가 모닥불로 구워 줄래?"

실컷 놀리던 둘은 굳어 있는 내 표정을 보고는 멋쩍어하며 학교 안으로 들어갔다. 나도 둘을 뒤따랐다.

"행정실 같은 데 함 가 보자. 뭐 물어볼라카믄 아마 글로 가야 할 끼다."

나에게 추억이나 그리움보단 악몽이나 두려움이란 단어가

더 힘이 센 곳에 와서인지 조금은, 아주 조금은 긴장이 되었다. 녀석들과 함께여서 참 다행이었다. 둘은 내 맘을 읽기라도 한 듯 사이좋게 앞장서서 학교 행정실로 향했다.

인식이가 행정실 문을 열자 안에 있던 직원분들이 일제히 우리 쪽으로 고개를 돌렸다. 우리가 민망하게 서 있자 가장 어려 보이는 한 분이 다가왔다.

"무슨 일로 오셨죠?"

우린 서로의 눈치를 보고 있었다. 무작정 오긴 왔는데 막상 오고 나니 무슨 말을 어떻게 해야 할지 망설여진 것이다. 직원분이 갸우뚱하며 우릴 뚫어지게 쳐다보자 답답했던 병주가 인식이를 밀치고 앞으로 나섰다.

"이 친구가 여기 졸업생인데요. 3학년 때 담임 선생님이 어디 계신지 궁금해서요."

"저, 그게……. 무슨 말씀인지……."

직원분은 분명 당황한 눈치였다. 하지만 병주는 한 번 말문이 트이자 거침없이 이야기를 이어 나갔다.

"그러니까, 이 친구가 딱 10년 전에 여기 학교 다녔거든요. 그때 담임 선생님을 뵙고 싶은데 찾질 못하겠어요. 여기 오면 어디로 가셨는지 알 수 있을 거 같아서 온 건데요."

병주가 이렇게 말을 잘하는 녀석이었나. 여하튼 덕분에 직원분은 그제야 이해한 표정을 지었고, 자신보다 높은 지위에 있는 듯한 이에게 가서 뭔가를 속삭였다.

"야, 니 말 억수로 잘하네. 어른 같다, 어른!"

인식이는 감탄한 듯 병주 귀에다 대고 말했다. 난 숨죽인 채 이 모든 상황을 바라보고 있었다. 상황이 잘 흘러가는 것 같아 기분이 좋아야 했지만, 그럴수록 학교에 들어선 후 생겨난 두려움의 감정은 점점 더 몸뚱이를 불려 가고 있었다.

"말씀하신 부분에 대해 여쭤봤는데요."

직원이 우리 쪽으로 와서 다시 말하기 시작했다.

"어딨는데요? 여 주변 학교들 우리가 싹 다 뒤졌는데도 읎던데요?"

인식이가 참질 못하고 질문을 던졌다. 그러자 병주가 인식이 귀를 잡아당겼다.

"야, 너 뒤로 나와. 죄송합니다. 그냥 말씀해 주세요."

"네, 은사님을 찾아뵈시려는 거죠? 요즘 개인정보 때문에 직접 연락처를 알 수 있는 방법은 없고요. 교육청 홈페이지에 들어

가면 스승찾기 서비스라고 있거든요. 거기에 신청하면 선생님한테서 연락이 갈 거예요."

"그럼, 그분한테 신청자가 누구인지 밝혀야 하는 거예요?"

병주의 질문에 직원은 조금 의심스러운 눈초리로 말했다.

"당연하죠. 연락처를 남기시면 연락을 하고 말고는 선생님이 직접 결정하실 거예요. 은사님이라 찾아뵈려는 거 맞으시죠?"

"아니 그럼, 그 선생님이 연락 안 주면 못 만나요? 우린 꼭 만나야 하는데, 방법 없어요?"

"지금 말씀드렸잖아요. 여기서 해드릴 수 있는 건 없어요."

"아, 알겠고요, 고맙습니더. 지들 이만 가 보겠습니다."

병주가 흥분한 기색을 보이자 인식이와 나는 병주를 데리고 얼른 밖으로 나왔다. 더 있다간 병주가 후배들 면박 주듯 목청을 높일 테고, 아마 이곳 직원들은 '너희 어디 학교 학생이야'라고 맞받아치며 우리 학교에 연락을 취할 것이다. 그러면 우린 수업과 훈련에 빠지고 밖을 돌아다닌 것이 들통나게 될 테고……. 시합도 얼마 안 남았는데 사고를 칠 수는 없었다. 인식이와 난 우리보다 훨씬 힘이 센 병주 녀석을 겨우겨우 끌고 건물 밖으로 나왔다.

"아니, 이런 말도 안 되는 시스템을 누가 만들어 놓은 거야,

짜증 나게 진짜."

병주는 초등학교 운동장 한가운데서 큰 소리로 욕을 퍼부었다. 그런데 냉정하게 생각해 보면, 학교 선생님들의 입장에선 이게 맞겠다는 생각도 들었다. 나처럼 복수라는 자신만의 대의를 위해 찾아오는 졸업생들이 꽤 있을 거 같았다. 어른들이 우리 나이일 땐 체벌이 당연한 거였다고 했다. 걸핏하면 불려 가서 맞고, 맞고, 맞고……. 어른이 돼서 복수심이 생긴 사람들이 있을 법했다.

"이제 우짤래. 교육청 홈페이지 드가서 쓸기가?"

인식이와 병주는 쓰윽 나를 쳐다봤다.

"생각 좀. 일단 학교로 돌아가자. 가는 데 또 시간 많이 걸릴 것 아냐."

빈말이 아니었다. 생각할 시간이 필요했다. 불시에 상대가 예상치 못한 공격을 펼쳐야 승기를 잡을 수 있지, 충분히 예측된 상태에서 이뤄지는 공격 루트는 차단되기가 십상이다. 게다가 몰랐던 경기 규칙이 있음을 알고선, 용기가 많이 사라져 버리고 말았다.

아버지는 분명 좋은 가장이 되고자 노력했지만 아니 충분히 증명하기도 했지만, 자신을 둘러싸고 있는 환경까지 어찌할 수는 없었다. 훈련 일정이 잡히면 길게는 보름 넘게 집에 들어오지 못했다. 어린 시절의 난 그런 아버지를 그리워하며 안방 책상에 앉아 아버지의 물건들을 만지작거리곤 했다. 아버지의 책상엔 용도를 알기 힘든 잡동사니들이 널브러져 있었다. 그 용도를 궁금해하진 않았다. 그저 아버지의 온기를 느끼고 싶었을 뿐이니까.

아버지의 책상 위엔 책들도 많았다. 《죄와 벌》이나 셰익스피어 전집 같은. 어쩌면 아버지가 내게 해 준 멋진 말들은 다 책 속에 있는 것들이었는지 모른다. 이러한 책들은 어린 내가 읽기에, 아니 지금 읽기에도 이해하기 벅차지만 유일하게 끝까지 붙잡고 있을 수 있던 건 《북유럽 신화》라는 책이었다. 신들의 세계가 던지는 메시지는 절대 선일 것만 같던 존재마저도 분명 악한 면이 있다는 것이었고, 절대 악이라 여겨지는 이들에게도 분명 숨겨진 이면이 존재할 수 있다는 것이었다. 난 온전히 책의 내용을 이해하진 못했지만, 착한 사람과 나쁜 사람을 구분하는 것이 얼마나 의미 없는 일인지 정도는 알 수 있었다.

책상 한가운데에는 어느 책에서 감명받아 적은 것일지도 모를, 아버지가 직접 적은 듯한 문구가 하나 있었다. 역시나 의미를 몰랐지만, 난 글자 공부하듯 그 문구를 날마다 머릿속에 새겨 넣었었다. 아버지가 내게 해 주는 말이란 생각이 들어서인지, 난 읽고, 또 읽기를 반복했었다. 토씨 하나 안 틀리고 외울 수 있을 정도로.

"실패는 결과론적인 것이다.
그래서 인생이 끝나기 전에 실패를 논하는 건 불가능하다.
모든 것은 과정일 뿐이다. 절대, 멈추지 마라."

지금은 안다. 이게 어떤 의미인지 잘 알고 있다. 그래서 난, 더더욱 아버지의 삶이 이해되질 않는다. 마치 실패가 다가오길 기다리는 사람처럼 아버진 10년이란 세월을 보냈으니까. 그리고 어쩌면 나의 삶도 실패로 끝날지 모른다는 생각이, 자꾸만 새순처럼 돋아나고 있었다.

5. 선도위원회

이튿날, 학교에서 난리가 났다. 우리 삼인방이 수업 시간에 몰래 빠져나간 게 들통난 것이다. 생각이 너무 짧았다. 우리가 학교 밖에 나가 있는 동안 병주네 반에는 같은 축구부 부원인 규원이가 아무 생각 없이 자고 있었다. '규원이는 있는데 병주는 왜 없냐'라는 질문에 어떠한 답도 하지 못했고, 결국 선생님들의 추궁으로 이어지고 말았다. 그 와중에 우리 셋이 무단으로 수업에 빠진 게 알려졌다. 우린 사실 저녁에 숙소에 들어와 모든 상황을 파악했지만, 그때까지도 별다른 걱정을 하진 않았다. '그냥 잠깐 혼나고 말겠지' 정도만 생각했을 뿐. 우린 학교에서 혼나 본 적이 없었다. 그간 대회 성적이 좋아서인지 선생님들은 교장 선생님의 전폭적인 지지를 받는 축구부 학생들의 생활 태도를 지적한 적이 없었다. 수업 시간에 엎어져 자고 있어도 '축구부니까'라는 이유로 용인되었다. 그렇다고 축구부 부원들이 심각한 교칙 위반을 하는 것도 아니었다. 흡연이나 음주 같은 청소년으로서의 도리를 어긴 행위는 기어코 한 적이 없다. 그런데 이번엔 달랐다. 우릴 노리고 있는 수많은 시선이 존재하고 있음을 간과해 버렸다. 평소 축구부 학생들의 생활 태도를 못마땅해하던 학생부장 선생님은 이때다 싶었는지 당장 선도위원회를 연다고 공지했다. 인식이와 병주, 그리고 나는 아침 등교와 동시에 각자의 담임 선생님께 불려 가야 했다.

"내가 네 놈들 언젠가 사고 칠 줄 알았어!"

학생부장 선생님의 험악한 목소리에 우리 셋은 움찔할 수밖에 없었다. 게다가 교무실 분위기가 심상치 않았으니, 학생부장 선생님만 우리를 못마땅하게 생각하는 건 아니었다. 교무실에 들어서자 여러 선생님이 날카로운 눈초리로 우릴 쳐다봤는데 그 눈초리의 주인공 중에는 '도살자'라는 별명을 가진 병주의 담임 선생님도 있었다. 선생님은 '이것들은 잘해 주면 안 돼!'라고 교무실이 떠나갈 듯 소리를 지르며 병주를 상담실로 끌고 갔다. 병주의 모습은 정말 송아지가 도살장에 끌려가는 듯했다. 연이어 인식이와 나도 순서대로 각자의 담임 선생님께 잡혀가야 했다.

처음 가 본 상담실은 우리의 단골 아이스크림 가게처럼 밝고 화사하게 꾸며져 있었지만, 그 꾸며짐이 거짓처럼 느껴졌다. 상담실이 아니라 취조실에 들어온 기분이랄까. 담임 선생님은 굳은 얼굴로 한동안 내 얼굴을 쳐다보기만 하다가 거의 10분 정도 지나서야 입을 여셨다. 부드러운 말투였지만, 그 안에 날카로움이 숨어 있었다.

“어제 나가서 뭐 했는지, 하나도 빠짐없이 다 말해 볼래?”

난 한 치의 거짓 없이 모든 것을 털어놓았다. 변명할 수 있는 마음의 여유도 없었다. 궁지에 몰렸을 땐 정공법이 최선이다. 더구나 내가 급하게 이야기를 지어낸다고 해도 인식이와 병주가 각자의 담임 선생님께 나와 같은 수를 쓸 확률은 제로였기 때문에, 괜히 역공에 무너질 수 있었다.

이제 곧 병원에 입원하게 될 것이란 이야기부터 복수에 관한 이야기까지 전부 다 세세하게 설명해 드렸다. 그러길 원한 건 아니었지만 본인의 학생이 아프다는 사실이 선생님껜 본인이 던진 칼날이 되돌아와 박히는 것처럼 보였다. 학생의 아픔을 자신의 것처럼 똑같이 느껴 주는 분이셨으니까. 선생님은 내 이야기를 듣고 한동안 침묵하셨다. 그러고는 내 손을 꼭 잡으셨다. 선생님은 아무런 말씀도 안 하셨지만 분명 난 선생님의 목소리를 들은 것만 같았다. 그것은 응원이거나, 위로이거나, 용기 같은 것들이 분명했다.

선생님은 종이와 펜을 가져오셨다. 난 경위서라는 걸 써야 했다. 언제, 어디에서, 뭘 어떻게 했는지 상세히 적으라는 것이었고, 기왕 솔직하게 털어놓은 김에 최대한 있는 그대로 적기 위해 애썼다. 인식이와 병주도 그러길 바라면서. 그때였다. 갑자기 학생부장 선생님이 상담실 문을 박차고 들어왔다.

"임 선생! 얘들 지금 당장 선도위원회 열기로 했으니까, 데리고 회의실로 와요!"

이거야말로 제대로 된 기습 공격이었다. 담임 선생님은 당황한 듯 말까지 더듬으며 물으셨다.

"아니, 선도를, 지금요? 아직 경위 파악도 되지 않았고 학부모님께 제대로 통보도 못 했는데요?"

"그건 추후에 처리하면 되고, 지금 당장 데리고 오세요!"

담임 선생님은 주심에게 반칙임을 어필하듯 조목조목 따져 물었지만, 학생부장 선생님은 대답도 없이 자기 할 말만 한 채 그대로 나가 버렸다. 경기에 따라 주심의 성향이 달라서 선수들은 경기 초반 이를 파악하는 것이 중요하다. 그렇지만 아무리 극단적인 성향이라도 반칙을 무분별하게 용인하는 주심은 없다. 담임 선생님은 '여기서 기다려'라고 짧게 말한 뒤 학생부장 선생님을 뒤쫓았다. 대개 이런 상황이 펼쳐지면 경기는 거칠게 흘러가기 마련이다. 극단적인 경우 관중 난동과 유혈 사태까지도 유발할 수 있기 때문에, 모든 주심들은 공정하고 객관적인 판정을 해야 한다. 이건 사실 그라운드를 넘어, 세상사의 이치이기도 했다. 어찌 되었건 선생님은 분명 내 편인 게 확실했다.

나는 피의자이자 동시에 피해자가 되었고, 상담실인지 취조실인지 모를 곳에 혼자 앉아 있었다. 인식이와 병주가 괜히 나 때문에 징계까지 받으면 어떡하나, 담임 선생님이 날 위해 있는 힘껏 변호해 주시지 않을까, 내가 다 덮어쓰고 두 친구를 살릴 수 있는 방법은 없을까……. 혼자 별의별 생각을 다 하고 있었다.

다행히 오래 지나지 않아 담임 선생님이 돌아오셨고, 상담실의 다섯 배는 되어 보이는 넓은 교실로 나를 데려가셨다. 정확히는 교실이 아니라 회의실이었다. 그곳엔 교장 선생님, 교감 선생님, 학생부장 선생님과 우리 셋의 담임 선생님, 그리고 또 몇몇 선생님들이 함께 앉아 계셨다. 취조가 끝나고 법정으로 들어선 것인가. 인식이와 병주는 나보다 먼저 와서 선생님들 맞은편에 앉아 있었고, 나도 내 자리로 보이는 곳에 가 앉았다.

"지금부터 학생생활 선도위원회를 개최하겠습니다. 학생부장 선생님께서는 사안에 대해 보고해 주시기 바랍니다."

교감 선생님이 알 듯 모를 듯 어려운 용어들을 남발하자, 이어 학생부장 선생님이 우리가 저지른 잘못에 대해 구구절절 읊어 나가기 시작했다. 언제 저런 걸 다 준비한 것인지 역시나 어른들의 세계는 범접할 수 없는 복잡 미묘한 것이 분명하다고 느꼈다. 인식이와 나는 고개를 푹 숙인 채 귀만 열고 있는 상태였고, 병주만 혼자 '나는 잘못이 없다'라는 듯 당당하게 정면을 바라보고 있었다.

"이어서, 각 담임 선생님들께서는 각 학생들에 대해 변론을 해 주시기 바랍니다."

교감 선생님의 멘트가 끝나자마자 병주의 담임 선생님이 자리에서 일어났다. 그런데 조금 의외의 상황이 벌어졌다. 도살자 선생님은 분명 아까까지만 해도 잔뜩 화가 나 있었는데 예상치 못한 말을 하는 것이었다.

"이 학생들이 학교 규정을 어긴 것은 분명하지만, 그보다 학생들이 처한 상황에 대해 먼저 파악하는 것이 필요하다고 봅니다. 우리가 아이들을 벌주기 위해 교육을 하는 것이 아니지 않습니까? 오히려 우린 이 아이들을 더욱 격려하고 응원해 줄 필요가 있습니다."

이상했다. 병주가 대체 무슨 말을 했길래 저런 반응을 보이는 것인지 궁금했고, 어찌 되었든 병주가 고개를 빳빳하게 들고 있는 이유가 있긴 했구나, 하는 생각이 들었다. 인식이의 담임 선생님은 한술 더 떠서 내가 곧 입원하게 될 것이라는 이야기와 그럴 만한 사정이 있었으니 이해해 주어야 한다는 점을 강조했다. 그제야 인식이도 고개를 들었고, 살짝 미소를 띠기까지 했다. 아마도 둘은 각자의 담임 선생님께 인정에 호소하는 전략을 사용한 것 같았다. 묘수였다. 그리고 다음은, 우리 담임 선생님 차례였다.

"저는……."

나는 담임 선생님이 어떤 말을 할지 기대가 되었다. 워낙 말을 잘하는 분이기도 했고, 무엇보다 선생님은 가장 확실한 내 편이었다. 선생님이 망설임을 멈추고 말을 이어 가는 모습을 슬며시 바라보았다.

"저는, 생각이 조금 다릅니다. 상황이 어떠하든 잘못된 부분에 대해서는 분명한 처벌이 필요합니다. 지금 이 상황에 대해 아무런 조치가 취해지지 않으면 아이들은 똑같은 잘못을 반복할 것이고, 그때마다 새로운 핑곗거리를 찾게 될 것이란 생각이 듭니다. 객관적인 판단을 해 주시기를 부탁드립니다."

반전의 연속이었다. 귀를 의심했다. 우리 담임 선생님이 저런 말을 하다니. 같은 팀원이 자살골을 넣는 광경을 바라보는 것은 절대 유쾌한 일이 아니다. 회의실에 모여 있던 선생님들은 물론 우리 셋도 눈 뜨고 코 베인 사람처럼 어안이 벙벙해서 선생님을 쳐다보았다. 세상 그 누구보다 당당한 얼굴이었다. 그리고 그 얼굴을 바라볼수록 내 안에선 배신감이 솟구쳤다. 믿었던 동료에게 버림받은 기분이었다.

호마리우는 브라질의 위대한 축구 스타였다. FC바르셀로나에서 크루이프의 가르침을 받아 더욱 성장할 수 있었다. 하지만 뛰어난 실력만큼, 개성도 남다른 선수여서 가끔씩 돌출행동을 보이기도 했다. 브라질에서는 삼바의 나라답게 다양한 축제가 개최되는데, 호마리우는 브라질의 리우 카니발에 매우 가고 싶어 했다. 참지 못한 호마리우는 결국 감독 크루이프에게 가서 휴가를 달라고 요청하는데, 놀랍게도 크루이프는 이를 허락했다. 물론 호락호락한 크루이프가 아니었기에, 당황스런 조건을 내걸었다.

다음 경기에서 해트트릭, 즉 세 골을 넣으면 휴가를 보내 준다는 것! 아마도 크루이프는 그것이 힘들 것이라 생각했겠지만, 이 말을 들은 호마리우의 얼굴엔 화색이 돌았다. 그리고 그는 당당히 다음 리그 경기에서 세 골을 넣고 경기가 끝나자 브라질행 비행기에 몸을 실었다.

그 경기는 리그 최대 맞수, 레알 마드리드와의 엘 클라시코 경기였다.

6. 예상치 못한 기습 공격

며칠 동안 엄마는 쉴 새 없이 내게 전화를 해댔다. 물론 난 받지 않았다. 문자 메시지로 '별일 없으니 걱정 마세요'라고 보내 놓고 휴대폰은 한구석에 처박아 두었다. 아마 담임 선생님의 통보가 있었을 것이고, 엄마는 걱정되는 마음에 연락을 했을 것이다. 하지만 엄마랑 통화할 기분이 아니었다. 뻔한 이야기를 할 게 분명했으니까. 왜 학교 수업을 빠졌는지 꼬치꼬치 캐물을 것이고,

당장 병원에 가라며 잔소리를 해댈 것이다. 듣고 싶지 않았다.

정말 걱정되었다면 아마 엄마는 날 직접 찾아왔을 것이다. 일이 바쁘다고 자식을 내팽개친다는 건 말이 안 된다. 그 아저씨와 밥 먹을 시간은 있고, 문제가 생긴 아들 보러 올 시간은 없다? 생각하면 할수록 화가 치밀어 올랐다. 심지어 감정의 고리는 끊임없이 이어져 우리 가족의 울타리가 무너진 것에 엄마의 책임도 크다는 생각까지 들었다. 엄마는 대체 지금껏 뭘 한 거지? 엄마는 아버지와 나의 관계를 회복시키기 위해 노력한 적이 있긴 한 걸까? 얼굴이 화끈거릴 정도로 씩씩거리고 있을 때, 갑자기 누군가가 내 어깨를 툭툭 쳤다.

"뭐야!"

"너야 말로 뭐야? 왜 화가 났어?"

고개를 돌리니 눈앞에 우리 반 반장 김지윤이 잔뜩 찡그린 얼굴로 서 있었다.

"아, 아니야. 그런데 왜?"

"김선. 너 담임쌤이 교무실로 오래."

김지윤은 전형적인 모범생이지만, 성격이 쌀쌀맞은 데다가 정말이지 공부밖에 모르는 학생이었다. 같이 어울리는 친구도 없다. 어떻게 반장이 된 것인지 미스터리일 정도다. 김지윤에게 아마 공부도 안 하고 공만 차는 나 같은 학생은 꼴불견처럼 여겨질 것이다. 그런 반장이 날 왜 부르나 했더니, 역시나 담임 선생님의 호출이었다. 전날 일로 핀잔을 주려는 것일 테다. 문을 열자마자 다들 이상한 눈으로 쳐다볼 게 뻔한 그 교무실에 가기는 정말 싫었다. 종 치길 기다렸다가 '수업 때문에 못 갔다'라고 할 작정이었다. 그런데 젠장, 김지윤이 다시금 다가왔다.

"야, 너 내 말 못 들었어? 담임쌤이 오라고 하셨다니까?"

골치 아픈 녀석 같으니라고. 난 어쩔 수 없이 세상 짐을 다 짊어진 듯 무거운 발걸음으로 교무실에 갔다. 역시나 교무실에 들어서자마자 따가운 시선들이 나를 툭툭 건드렸다. 귓가엔 '쟤가 걔야'와 같은 미세한 말소리가 들리기도 했다. 교무실 입구에서 담임 선생님 자리까지 향하는 길은 전후반 90분을 다 써야 도달할 수 있는 거리처럼 느껴졌다. 그리고 힘겹게 찾아간 자리엔 담임 선생님이 누군가와 이야기를 나누고 있었다.

"어, 선이 왔니?"

선생님은 의아하게도 매우 밝은 얼굴로 나를 대해 주었다. 그 부름과 동시에 함께 앉아 있던 사람이 고개를 돌렸는데 순간,

너무 놀라 비명을 지를 뻔했다. 그, 그 사람이었다. 엄마와 함께 있던 그 남자. 엄마의 미소를 빼앗고 홀려 버리게 만든 그 남자. 이 사람이 왜 여기에 온 걸까. 난 손을 부들부들 떨었다.

"선이를 만나고 싶어 하는 분이 계셔서, 그래서 불렀어."

"네가 선이구나. 반갑다. 우리 처음 보지?"

정갈한 정장 차림의 이 사람은 사실 누가 봐도 호감일 수밖에 없는 선한 인상을 지니고 있었다. 물론 나처럼 좋지 않은 첫인상이 박혀 버린 사람을 제외한다면.

"어머니께서 걱정을 너무 하셔서, 내가 대신 왔어. 전화를 잘 안 받는다고……."

"제가 엄마 전화를 안 받는 거랑 아저씨랑 무슨 상관이죠?"

아저씨도, 담임 선생님도 모두 놀란 눈치였다. 예상치 못한 반응이었을 거다. 분노의 감정에 기름이 와르르 부어졌다.

"알겠지만 어머닌 일하러 가셔야 해서, 내가 대신 알아보러 온 거야. 얼마 전에 학교에서 일이 있었다고 들었거든."

"아니 대체, 엄마가 바쁜 거랑 아저씨랑 무슨 상관이냐고요. 아저씨가 누군데요?"

내가 언성을 높이자 교무실은 잠잠해지고 시선들은 한곳으로 모였다. 이를 느낀 아저씨는 황급히 주머니에서 지갑을 꺼냈다. 그리고 자신의 명함을 건네주었다. 변호사였다.

"난 이런 사람이고, 요즘 너희 어머니랑……. 아, 나 절대 이상한 사람 아냐."

"저는 별일 없으니까 신경 쓰지 않으셔도 되고요, 엄마한테도 똑같이 전해 주세요. 제 일은 제가 알아서 한다고."

결국 담임 선생님이 자리에서 일어나 나를 달래기 시작했다.

"선아, 이분은 그냥 너 걱정돼서 오신 거야. 뭔가 오해를 하고 있는 것 같은데……."

마침 수업 시작을 알리는 종이 울렸다. 덕분에 난 내 할 말만 하고 자리를 떠날 수 있었다.

"저 수업 들어야 해서요. 어쨌든 제가 한 말이나 잘 전해 주세요."

난 도망치듯 교무실에서 나왔다. 상대의 기습 공격에도 흔들림 없이 잘 대처했다고 격려했다. 그리고 무엇보다, 더는 망설이고 있을 때가 아님을 온몸으로 느낄 수 있었다. 상대가 누구든 빈틈만 생기면 이를 비집고 들어올 것이 뻔하단 생각이 들었다. 그 전에 나부터 강력한 한 방을 준비해야 하지 않을까. 가만히 손 놓고 기다리다간 오늘처럼 선제공격을 당하게 될지도 모른다. 최선의 공격이, 최선의 방어이다.

며칠 동안 양치질을 할 때마다 잇몸에서 피가 났다. 계속해서 뱉어 냈지만 피는 멈추지 않았고, 힘겹게 피가 멎고 난 후에는 잇몸이 잔뜩 부어올랐다. 양치질을 너무 세게 하면 그럴 수도 있다고도 하지만, 나는 이게 어떤 증상인지 대충 짐작이 되었다. 시간은, 붙잡는다고 잡혀 줄 녀석이 아니었다. 아무것도 이뤄 내지 못한 채 세상에서 사라지고 싶지 않았다. 움직여야 했다. 달려야 했다.

우린 결국 아무런 징계를 받지 않았다. 대신 이런 문제가 재발하면 가중 처벌을 받는 것으로 징계 수위가 결정되었다. 위험한 고비를 넘겼다는 안도감 따위는 들지 않았다. 대신 신뢰가 깨졌다는 실망감이 온몸을 휘감았고, 조회 시간에도 절대 담임 선생님 얼굴을 쳐다보지 않았다. 목소리를 듣는 것도 싫었다.

쉬는 시간, 우리 반 교실에서 지난 위원회에 관한 이야기를 나누었다. 병주는 눈치 없이 자신의 담임 선생님이 매우 의리 있는 사람이라며 계속해서 칭찬을 했다.

"와씨. 완전 감동이지 않았냐. 도살자, 은근 멋진 구석이 있어. 알지? 내가 사람을 좀 잘 보는 편이라는 거? 우리 담임 괜찮은 사람이야.”

“니들 그때 학생부장 얼굴 봤나? 완전 똥 주워 먹은 꼴이었다 아이가. 내 속이 다 시원하드라.”

처음으로 병주가 부러웠다. 담임 선생님이 바뀌었으면 좋겠다는 생각마저 들었다. 계속 같은 주제로 이야기하다간 정말이지 폭발해 버릴 것 같아서, 인식이와 병주에게 계획에 대한 말을 꺼냈다.

“망설일 필요 없어. 하자.”

“뭘 하자는 긴데. 또 나가자고? 걸리면 이제 끝이다 아이가.”

“아니. 003 작전. 교육청 홈페이지에 들어가서 신청하겠다고.”

인식이와 병주가 침을 꿀꺽하고 크게 삼켰다. 그다음 우린 서로를 바라보며 굳은 의지의 눈빛을 교환했다. 휴대폰을 꺼내 당장 교육청 홈페이지에 접속했더니 ‘스승찾기’라는 항목이 곧바로 눈에 들어왔다. 우리는 어렵지 않게 계획을 시행에 옮길 수 있었다.

“썬, 네 연락처를 여기다 적으면 그쪽에서 보고 전화든 뭐든

할 것 같은데?"

"이거 와이리 떨리노. 진짜 할 끼가? 내 억쑤로 쫄린다."

"해야지. 연락처는 남겼고, 이제 저장하기, 그리고……."

'선생님 안녕하세요. 초등학교 3학년 때 선생님 반 학생이었던 김선입니다. 꼭 만나 뵙고 싶습니다. 연락 기다리겠습니다.'

메시지까지 입력하고, 마지막 확인 버튼이 남았다. 순간 멈칫하긴 했지만, 결국 버튼을 눌러 버렸다. 이제 난 복수의 화신이 되어 강력한 불꽃을 뿜어내고 있었다. 만남의 순간만을 기다리면 되는 것이었다. 의욕이 활활 타올랐다.

"너희들! 이제 각자 반으로 좀 가 주지 않을래? 쉬는 시간에도 공부하는 애들 있는 거 안 보여?"

김지윤이 다가와 우리에게 으름장을 놓았다. 인식이와 병주는 어이없다는 듯 김지윤과 내 얼굴을 번갈아 가며 쳐다봤다.

"아, 반장. 미안. 얘네 이제 갈 거야."

한창 타오르던 불꽃이 피시식 꺼져 버리고 말았다. 이상하게 김지윤은 늘 무서웠다. 이 상황에서 '네가 뭔데'와 같은 대꾸를 하면 분명 일이 걷잡을 수 없이 커질 것이다. 아마도 '학습권리' 같은 어려운 용어를 써서 우릴 망신 줄 것이 뻔했다.

"야, 네가 뭔데? 반장이면, 쉬는 시간까지 이래라저래라해도 돼?"

아뿔싸. 병주였다. 병주는 김지윤을 무섭게 노려보았고, 김지윤은 잔뜩 화가 난 얼굴이었다.

"어? 니 김지윤 아이가? 니가 여 반장됐나? 왜 내는 여태 몰랐지. 내 옆 반인 거 아나?"

인식이는 악수라도 할 것처럼 반갑게 김지윤에게 아는 척을 했다. 아마 1, 2학년 때 같은 반이었던 것 같았다. 하지만 김지윤은 얼굴이 점점 더 벌게지더니, 씩씩거리며 자리로 돌아가 버렸다. 의외이긴 했지만, 여하튼 다행이었다. 반장과 주장의 피 튀기는 결투가 펼쳐질 뻔 했으니. 김지윤은 아마도 자신에게 이렇게 세게 말하는 사람이 처음이었을 것이다. 병주는 거들먹거리는 얼굴이었고, 인식이는 민망해했다.

7. 코앞으로 다가온 8강전

8강전 경기까지 단 이틀이 남은 날, 체계적인 전술 훈련이 막바지에 다다르고 있었다. 내가 주전 멤버로 함께 뛸 때 우리 팀의 대형은 4-3-3이었다. 중원의 세 명 미드필더는 삼각형 형태를 이루어 공격과 수비를 조율하는 역할을 했고, 그 꼭짓점에는 내가 있었다. 나는 수비 때엔 아래까지 내려가 단단히 벽을 만들었고, 공격할 땐 인식이에게 공이 투입될 수 있도록 적절히 킬 패스를 넣어 주거나 좌우로 공격의 활로를 여는 역할을 했다.

하지만 이번 경기에서 난 후보 선수였다. 감독님의 고뇌가 많이 느껴졌다. 하던 대로 할 수 없는 상황에서 감독님이 꺼낸 전술은 3-6-1 대형. 수비수가 세 명인 것처럼 느껴지지만 사실은 다섯이었다. 양쪽 윙백 선수들이 아래까지 내려오는, 최대한 공격을 자제하는 형태였다. 확실한 공격 루트가 만들어지지 않는 상황에서 무리하게 진행을 하다 갑자기 공격이 끊기면 역습에 너무 쉽게 노출될 수 있다고 판단한, 굉장히 수비적인 전술이었다. 아무래도 상대 팀 에이스 이루리가 워낙 스피드가 좋기에 사전에 차단하고자 함이 엿보였다. 특히 상대 팀은 전 경기 선제골 득점은 물론 전반전 득점 비율이 70%에 육박할 정도로 초반부터 기세가 대단한 팀이었다.

축구에서 선제골은 경기의 흐름을 가져올 수 있다는 점에서 매우 중요한데, 역시나 강한 공격력을 바탕으로 강하게 밀어붙이는 경기 스타일이 기록으로 증명되고 있었다. 우리 팀에 공격 찬스가 생겨도 결국 인식이가 혼자 해결해야 하는 어려움이 있긴 하겠지만, 단판으로 끝나는 경기이기에 최대한 실점을 막고자 하는 게 이번 경기의 포인트였다.

불행히도, 경기가 목전까지 다가왔지만 다들 전술에 익숙해지지 않았다. 특히 새롭게 주전 멤버로 합류한 영찬이는 유독 몸놀림이 둔해 보였고, 자신감도 없어 보였다. 좀처럼 화내는 법이 없는 감독님이 영찬이를 따로 불러 플레이를 지적하기도 했다. 전국대회 8강은 십 대 축구 선수에겐 당연히 꿈의 무대일 수밖에 없다. 우리가 참가하는 모든 대회를 통틀어 가장 규모가 크고 그 상징성도 어마어마하니까. 이미 세계 무대에 진출한 대한민국 축구 영웅들 덕분에 우리나라 청소년 축구에 관심이 커진 유럽 스카우터들이 찾아오고, 경기력이 좋으면 청소년 대표로 발탁되는 기회도 생긴다. 그 대표적인 주인공이 병주고, 우리 팀 후배들 중 상당수는 병주를 롤모델로 삼고 있을 정도였다. 어쨌든 그만큼 부담감이 큰 대회인데 신입생 영찬이에게 너무도 큰 짐을 떠넘긴 것 같아 마음이 계속 불편했다. 경기 전날 마지막 훈련이 끝나고, 영찬이를 따로 불렀다. 나라도 자신감을 찾을 수 있는 멋진 멘트를 들려주는 게 필요할 것 같았다.

"영찬아. 부담되냐?"

"예? 뭐, 괜찮아요. 그냥 생각대로 잘 안 돼서……."

"너는 왜 내 자리에 네가 들어간 것 같아?"

순간 영찬이의 얼굴을 보며 '그냥 얘는 어리바리한 애일 뿐인 건가'라는 생각이 들었다. 최대한 답답함을 숨기려고 애썼다.

"예? 글쎄요……. 그냥 뭐……. 감독님이 생각이 있지 않았을까요."

"2학년에도 웬만큼 뛰는 애들 있는데, 걔네들 다 제치고 왜 하필 널 선택했을 것 같냐고."

"예? 그건 저도 잘 모르겠는데요."

"너는 근데 왜 말할 때 자꾸 예? 이렇게 말하냐."

"예? 아, 그게 습관이 되어 가지고."

갑자기 왜 그랬는지는 모르겠지만, 난 무슨 광고 모델이라도 된 것처럼 영찬이에게 어깨동무를 했다. 누가 봤으면 정말 오글거렸을 행동이었다.

"어쨌든 넌 말이야. 잘 뛰어. 그게 네가 가진 최고 장점이야."

"잘 뛴다는 게 무슨 말인지 잘 모르겠는데요."

"우리 이번에 3-6-1 쓰잖아. 거기서 제일 중요한 게 네가 얼마나 뛰어다니느냐, 하는 거야. 상대 팀 에이스 이루리라고, 알지? 걔 엄청나게 빨라. 네가 걔를 완전 단단히 묶어 줘야 해. 안 그러면 우리 못 이겨. 네가 할 수 있으니까 감독님이 거기에 널 넣은 거지."

"아……."

영찬이는 고개를 끄덕였다. 실제로 영찬이는 활동량이 뛰어나다는 부분에 대해 줄곧 칭찬을 받아 왔다. 본인도 분명 알고 있는 강점이었을 것이다. 달달하거나 신선한 멘트는 아니었지만, 나름 영찬이의 자신감은 찾아 준 것 같아서 뿌듯했다.

8. 드디어 출전!

간만에 꿀잠을 자고 일어났다. 경기 전날엔 두근거림으로 인해 밤잠을 설치곤 했는데, 이번만큼은 달랐다. 주전 선수가 아니라는 부분도 있었겠지만, 영찬이와의 대화는 오히려 내게 힐링이 된 시간이었다. 물론 상대적으로 인식이와 병주의 몰골은 말이 아니었지만. 급식 먹는 낙으로 하루를 버텨 가는 인식이마저 밥을 제대로 넘기지 못했다. 악몽에 시달리기라도 한 것인지, 둘은 얼굴이 푸석했다.

"너희 어디 죽으러 가냐. 왜들 그래. 평소엔 자신감 넘쳤잖아."

"말도 마라. 내 밤새 한숨도 못 잤데이. 심장이 콩알만 해진 거 같다 아이가."

"나도 그래. 애들 보기 창피해서 겉으론 멀쩡한 척하고 있긴 한데, 8강이잖아. 그것도 전,국,대,회 8강. 미치겠다! 떨린다!"

난 긴장한 둘의 모습을 보며 이상하게 흐뭇해졌다. 경기를 뛰지 못하는 아쉬움도 분명 있었지만, 믿음직한 녀석들이 있어 다행이란 생각이 들었다. 든든했다. 그래도 상황을 봐서 교체로 투입될 수도 있어서, 나도 어느 정도는 긴장감을 갖기로 했다.

경기 시간은 오후 1시였지만, 우린 일찌감치 출발 준비를 마쳤다. 그나저나 우리 학교 교장 선생님은 정말 축구에 진심인 사람이었다. 항상 축구부 경기가 있는 날이면 1교시 수업을 전면 취소해 버렸다. 축구부 학생들이 각 학급에 돌아가 응원을 받게 한다는 명목으로. 그래야 긴장이 풀린다나 뭐라나. 문화도 전통도 아닌, 그야말로 악습 중의 악습을 교장 선생님이 만들어 내다니. 정말 귀찮고 민망한 일인 데다가 백번 양보해서 그걸 굳이 하더라도, 고작 5분 남짓 인사만 나누면 되는데 아예 수업 자체를 취소해 버리면 이에 불만을 가진 선생님들은 그 화살을 축구부에 돌릴 것이 뻔하다. 경기라도 지면 아마 욕을 두 배, 세 배로 먹을 것이다. 하지만 어쩌겠는가. 난 장비들만 버스에 실어 놓고 교실로 올라갔다.

슬그머니 문을 열었을 때, 교실엔 적막이 가득했다. 책장 넘기는 소리, 펜 굴러가는 소리만이 들릴 뿐. 심지어 숨소리도 들리지 않았다. 고3 교실의 당연한 분위기랄까. 문 열고 들어가기가 민망할 정도로 다들 책 속에 머릴 파묻고 있었다. 난 인사만 얼른

하고 나오고 싶었는데, 이러지도 저러지도 못하고 있었다. 한참을 고민하다 '차라리 잘됐다, 조용히 나가야지.'라고 마음먹은 순간, 갑자기 담임 선생님이 문을 열고 들어오셨다. 난 엉덩이만 들썩이다 다시 풀썩 앉아야 했다.

"다들 알겠지만, 오늘 우리 학교 축구부 경기가 있는 날이야. 전국대회 8강전이라고 해. 우리 반 선이가 출전하는 것도 알고 있지? 단체로 요란하게 하면 선이도 부담스러울 테니까, 응원해 줄 친구들은 개인적으로 인사 나누도록 합시다. 선아, 잘하고 와!"

선생님은 세상에서 가장 해맑은 얼굴로 말씀하셨다. 심지어 내 마음을 읽기라도 한 것처럼 부담스러울 수 있는 장면들을 생략해 주시기까지 했다. 얼마 전 일을 다 잊은 것인지, 아니면 연기를 하는 것인지 헷갈렸다. 하긴 선생님 입장에선 나한테 개인적으로 화가 났다고 아이들 앞에서 티를 팍팍 낼 필요는 없을 것이다. 어쨌든 덕분에 난 고개만 까딱하고 얼른 교실 밖으로 나올 수 있었으니, 다행이었다.

서너 명의 친구들이 복도로 따라 나와 격려를 해 주었다. 다들 셀카를 찍자고 했다. 아마 개인 SNS 업데이트용 사진일 것이었다. 볼일이 다 끝나서인지 사진을 찍자마자 다들 순식간에 교실로 들어가 버렸다. 어안이 벙벙했다. 긴 복도 위에 갑자기 혼자 남았다. 쓴웃음이 나오긴 했지만, 이해가 안 되는 건 아니었다. 나와 저 친구들은 가는 길이 달랐으니까. 저들은 지금 한 문제라도 더 풀어야 하고, 나는 가서 한 골이라도 더 넣어야 한다. 나와 방향이 다르다고 해서 그걸 비난하거나, 무시할 수는 없는 법. 오히려 의욕이 솟아났다. 기분 좋게 복도를 걸어가려는데 다시 교실 문이 스르륵 열렸다.

"야, 김선!"

"어?"

김지윤이었다. 김지윤은 가만히 날 쳐다보더니, 비타민 음료를 쥐여 주곤 다시 교실로 들어가 버렸다. 음료수엔 포스트잇 한 장이 붙어 있었는데, '이겨'라고 쓰여 있었다. 느낌표나 눈웃음 이모티콘조차 없는, 그냥 단 두 글자. 당황스러움의 강도가 극도로 치솟았다. 선생님과 친구들의 마음은 나름대로 해석할 수 있었는데, 김지윤의 행동은 도통 이해가 되질 않았다. 병 주고 약 주는 건 병주 스타일인데, 얘도 그런 걸까? 아님 나한테 뭘 잘못한 걸까? 공부 잘하는 애라 내가 모르는 남다른 무언가가 있나 싶었다.

교장 선생님을 필두로, 거의 모든 선생님과 직원분들이 나와 우릴 배웅해 주었다. 아마 몇몇 선생님들과 학생들은 경기 시간에 맞춰 관중석에 등장할 것이다. 긴장하기 싫어도 알아서 모든 상황이 긴장감을 가질 수밖에 없도록 해 주고 있었다.

버스가 출발한 지 한 시간 남짓 지났을까, 거대한 경기장이 시야에 들어왔다. 국가대표 평가전이 치러진 적도 있는 곳이라고 했다. 경기장 잔디 상태가 좋지 않다는 식의 핑계는 댈 수 없을 것이다. 정말 실력만으로 평가될, 역사적인 8강전이었다.

대회장에 도착한 우린 도착하자마자 짐을 풀고 바로 그라운드로 나갔다. 감독님의 간략한 브리핑에 이어 몸풀기 훈련과 패스 훈련, 이어 크로스와 슈팅 훈련을 이어 갔다. 우리 반대편엔 상대 팀 인지제철고등학교 선수들이 몸을 풀고 있었다. 국내 프로축구 구단의 유소년팀으로 지정되어 지원이 매우 좋다는 말은 들었는데, 실제로 보니 훈련 장비나 유니폼부터 그 때깔이 달랐다. 기가 죽을 수밖에 없었다. 우리 팀은 감독님 한 분, 코치님 두 분이 다인데, 저쪽엔 감독인지 코치인지 모를 어른들이 수두룩했다.

"여울! 정신 바짝 차려! 오늘 지면 탈락이고, 이기면 4강이야!"

병주였다. 아침까지 정신 못 차리던 게 누군데, 언제 그랬냐는듯 팀원들을 독려하기 시작했다. 아마 속으로는 벌벌 떨고 있겠지만 딴에는 주장의 책임을 다하는 모습이었고, 효과가 있었다. 여기저기서 '아자!', '파이팅!'과 같은 소리가 들려왔다. 상대 팀에서도 훈련하다 말고 우리 쪽을 쳐다볼 정도로 팀의 사기가 많이 올라갔다. 나 역시 축구에선 가끔, 정말 가끔은 계란으로 바위가 깨지기도 한다는 걸 보여 주고 싶어졌다. 의지가 피어올랐다.

경기 시작 직전, 선발 명단에 포함된 선수들은 경기 입장을 위해 쭉 일렬로 늘어서게 된다. 비주전 선수들은 그들을 지나 벤치에 가는데, 나는 그 길에 인식이도 병주도 아닌 영찬이에게, 다시 한번 한마디를 던졌다.

"영찬! 발라 버려!"

앳된 얼굴과 달리 영찬이의 눈빛만큼은 살기가 느껴질 정도로 강렬했다. 자신감이 바닥이던 그 영찬이가 아니었다. 믿음직스러웠다. 난 약간의 긴장감 그리고 약간의 설렘을 동시에 지닌 채 벤치로 가 앉았다. 역시나 오늘도 관중석은 꽉 들어차 있었다. '죽기 살기로! 인지제철고!'라고 적힌 거대한 현수막 문구를 걸어놓은 상대 팀 응원석은 한눈에 봐도 그 규모가 대단했고, 인터넷에서나 보던 카드 섹션 응원이 펼쳐질 정도로 열기가 뜨거웠다. 상대적으로 초라하긴 했지만 '여울인이여! 비상하라!'라는 문구가 담긴 우리 학교 응원 현수막도 눈에 들어왔다. 나도 벤치에서 목청이 찢어져라 소리를 질렀다.

"가자! 여울!"

주심의 휘슬이 울리고, 드디어 경기가 시작되었다. 전반 45분의 가장 큰 목표는 무실점. 첫 번째 목표만 잘 달성해 놓으면 분명 승산이 있는 경기였다. 그런데 의외로, 상대 팀은 조심스러운 경기 운영을 했다. 8강전이 가지는 무게감이 보이는 듯했다. 무리한 돌파를 시도하거나 슈팅을 하지 않았다. 우리 팀도 기존 계획대로 인식이를 제외하고는 전원이 우리 진영에 머물며 단단한 수비를 구축했다. 그래서인지 10분 넘게 지루한 경기가 지속되었다. 다만 그림자처럼 상대 에이스를 따라다니는 영찬이의 활약만큼은 빛나고 있었다. 요한 크루이프는 가장 못하는 상대방에게 가장 많이 공이 가게 해야 즉시 빼앗아 올 수 있다고 말했었다. 이는 반대로 생각하면 가장 잘하는 선수에겐 절대 공이 가도록 해선 안 된다는 의미이기도 하다. 상대 에이스는 공간을 파고드는 날렵한 움직임으로 찬스를 만들어 내는 유형의 선수인데,

그 선수의 움직임을 영찬이가 완벽히 차단해 버린 것이었다. 결국 상대 팀은 패스를 어디로 해야 할지 망설이다 기회를 날려 버리곤 했다.

전반 20분, 오히려 첫 번째 득점 기회는 우리에게 먼저 찾아왔다. 병주가 수비 뒤쪽에서 천천히 공을 몰고 올라가다 순식간에 전방으로 길게 공을 차 주었다. 인식이는 공이 수비 머리를 넘어갈 것을 예측하고는, 잽싸게 뒷공간으로 뛰어 들어갔다. 일대일 찬스를 맞이하려던 찰나, 아쉽게도 상대 팀 골키퍼가 먼저 뛰어나와 공을 걷어 내 버렸다. 병주의 시야와 인식이의 과감한 돌파가 이뤄 낸 멋진 장면이었다. 다행히 찬스는 계속 이어졌다. 역습 상황에서 오른쪽 측면을 돌파하던 규원이가 코너킥 기회를 얻어 냈다. 벤치가 술렁이기 시작했다. 대진이 완성된 직후부터 감독님은 우리 팀에게 공격 기회가 많이 생기지 않을 것이라 예측하고 있었다. 그래서 감독님은 다른 경기와 달리 세트피스 연습 강도를 두 배 이상 높였었다. 우리는 기회가 생기면 무조건 집어넣는다는 각오로 엄청난 연습을 해 왔다. 나 대신 전담 키커로 나선 규원이가 코너킥을 준비했다.

규원이는 공을 들고 천천히 코너킥 지점으로 걸어갔다. 생각이 많아 보였다. 당연했다. 평범한 킥은 막힐 가능성이 클 테니까. 이미 두 명의 장신 수비수가 거대한 장벽이 되어 인식이를 둘러싸고 있었다. 규원이는 코너킥을 하기 직전, 손가락 네 개를 펼쳐 보였다. 얼핏 감독님이 고개를 끄덕이는 모습이 보이기도 했다. 벤치에 있던 선수들은 그 손가락을 보자마자 '네 개다 네 개'라며 웅성거렸다. 변칙 전술이었으니까. 골대 앞에서 경합을 벌이던 상대 선수들은 규원이의 킥 방향을 보고 당황해했다.

규원이는 인식이의 머리를 보고 센터링을 올리는 것이 아닌, 페널티 에어리어 바깥쪽에 있던 영찬이에게 공을 보냈다. 영찬이는 공을 잡지 않고 곧바로 슛을 때렸다. 자세가 다소 엉성해서 슛의 방향이 벗어나는가 싶었는데, 아! 영찬이의 슛은 상대 수비수를 맞고 굴절되어 그대로 골문으로 빨려 들어갔다. 우리 팀의 득점이었다! 경기장이 떠나갈 듯한 함성이 터졌다. 그라운드 위 선수들은 영찬이를 둘러싸고 환호성을 질렀다. 물론 벤치에 있던 선수들도 모두 얼싸안고 기쁨의 환호성을 내질렀다. 선제골이라니. 상대는 단 한 번도 선제골을 내어 준 적이 없는 강력한 우승 후보 아니던가. 경기 시작 25분 만에 터진 영찬이의 골로 우린 앞서 나가기 시작했다.

이후 남은 전반전은 우리 팀이 압도적으로 우세한 가운데 진행되었다. 상대의 공격은 걸핏하면 차단되기 일쑤였고, 그 중심엔 영찬이가 있었다. 끊임없이 상대 에이스에 대한 압박을 감행함은 물론 상대 공격이 차단되면 부리나케 달려 나가 공격을 이끌기도 했다. 특히 패스 길을 차단한 후 직접 50m가량 돌진해 나가던 순간은 오늘 경기에서 가장 압권인 장면이었다. 비록 마지막 슈팅이 아쉽게 골문을 살짝 벗어나긴 했지만, 평소보다 더 빠른 속도로 달리며 수비수 셋을 가볍게 제치는 모습은 팀 사기를 최고조로 끌어올리기에 충분했다.

문제는 전반 막바지에 발생했다. 좋은 경기력에 너무 흥분한 탓이었을까? 전반을 앞선 채 끝내기 위해 우리 팀 선수들은 천천히 템포를 조율하고 있었다. 시간을 끌다가 이대로 전반전을 마치는 것이 우리가 원하는 시나리오였다. 그런데 무슨 생각이었는지 수비벽을 맞고 튕겨 나온 공이 터치 라인으로 흘러갈 때 영찬이가 이를 살려 내기 위해 무리하게 달려갔다. 어차피 우리 소유권이었기 때문에 굳이 살려 낼 필요도 없는 공이었다.

"김영찬! 그냥 나가게 둬!"

감독님은 영찬이를 쫓아가 붙잡기라도 할 듯 다급하게 소리를 질렀지만, 영찬이 귀엔 아무것도 들리지 않는 듯했다. 영찬이는 공이 나가기 직전 살려 낸 뒤, 그대로 광고판에 몸을 부딪치고 말았다. 경기장 전체에 '쿵' 하는 소리가 울려 퍼졌고, 황급히 의료진이 투입되었다. 심지어 너무 놀라서 영찬이의 상태를 알아보기 위해 달려 가려는 선수도 있었다. 그렇지만 주심은 경기를 중단시키지 않았다. 파울 상황이 아니었고, 더군다나 영찬이가 쓰러진 곳은 경기에 영향을 주지 않는 곳이었으니까. 이건 조기 축구회 시합이 아니다. 선수가 다쳤다고 경기를 중단할 이유는 없다. 터치 라인 바깥에서 치료를 받으면 그만인 것이다. 전반 종료가 얼마 남지 않은 시점, 영찬이의 몸 상태가 완전히 파악되지 않은 상태에서 감독님은 무리하게 교체를 단행할 순 없었다. 전반 내내 가장 좋은 활약을 펼친 선수를 갑작스레 빼 버릴 순 없는 노릇이니까. 이대로 열 명이, 전반전을 버텨야 했다. 인식이까지 수비로 내려와 굳히기에 돌입했다.

"한 번만, 한 번만 막으면 된다!"

병주의 외침에 우리 팀 선수들은 대열을 완벽히 갖추었다. 하지만 한 명이 부족한 상황보다 더 큰 문제는 상대 에이스 전담 마크맨이 사라졌다는 것이었다. 우리 팀 수비진은 예상치 못한 상황에 우왕좌왕하는 기색을 보였다. 역시나 기회를 놓치지 않은 상대는 골문 앞으로 파고드는 에이스, 이루리를 향해 공을 찔러 넣었고, 컴퓨터 게임에서나 볼 수 있는 완벽한 다이빙 헤더로 상대는, 동점을 만들었다. 이루리는 이루리였다. 상대임에도 박수를 쳐 주고 싶을 정도였다. 그렇게 전반전이 끝이 났다.

라커룸의 분위기는 침통했다. 경기에서 패배라도 한 것처럼 모두가 침울해 있었다. 어쩔 수 없는 노릇이다. 축구는 흐름의 스포츠니까. 전반 막판의 실점은 분명 후반까지 영향을 줄 것이다. 그리고 애석하게도, 라커룸엔 또 하나의 비보가 전해졌다.

"영찬이는, 급하게 병원으로 갔다. 타박상이 조금 심해 보여서, 무리시키지 않기로 했다."

감독님의 목소리에서 미세한 떨림이 느껴졌다. 그리고 우린 이어질 감독님의 말을 기다렸다. 교체 선수는 누구인지, 후반 전술을 어떻게 펼쳐 나갈 것인지……. 우린 우리의 정신력이 경기 시작 전으로 돌아갈 수 있는 감독님의 마법 같은 한마디를 기다렸다.

"솔직히……. 지는 게 많이 두려웠던 것 같다. 아니, 더 솔직히 말하면 우리가 질 것 같았다."

감독님은 깊숙이 숨겨 왔던 무언가를 끄집어 낸 사람처럼 진지하고, 차분하게 말을 이어갔다.

"져도 좋다. 그런데 말야, 쪽팔리게 지진 말자. 우리 너무 웅크리고 있었던 것 같아. 영찬이 봤냐? 우리 후반엔 그렇게 미친 개처럼 뛰자. 우리 팀엔 득점왕도 있고, 유소년 대표팀 멤버도 있다. 한때 기자들이 주목했던 유망주도 있다. 물론 픽픽 쓰러지긴 하지만 말야. 어쨌든 무서울 게 뭐가 있냐? 가서 우리가 젤 잘하는 걸 보여 주자! 할 수 있냐?"

"넵!"

역시 감독님은 명연설가였다. 영찬이를 붙잡고 떠들던 나의 말보다 훨씬 그럴듯했고, 더욱 센 영향력이 있었다. 다들 기운을 차리고 의욕이 넘치는 표정을 보여 주었다. 져도 좋다는 말이 이토록 마음을 편하게 해 줄 줄이야. 부담감이 완전히 사라져 버렸다.

"김선! 준비해라. 전술은 알지? 우리가 하던 대로 하면 된다! 자 이제 나가라, 다들!"

후반전 우리 팀의 전형은 4-3-3. 감독님 말씀대로 우린 늘 하던 플레이를 펼치기로 했다. 병주는 후배들 한 명 한 명을 붙잡고 기운을 북돋아 주었고, 인식이는 규원이와 약속된 플레이에 대해 자세히 이야기를 나누었다. 나만 잘하면 될 것 같았다. 앞에서 영찬이가 엄청난 활약을 펼쳐 주었는데, 대신 교체 투입된 내 활약이 저조하면 결국 패배는 내 책임일 것이다. 하지만 걱정은 좀 덜했다. 감독님의 투입 지시가 있은 후 바로 진통제를 먹었기 때문에, 저번처럼 쓰러지진 않을 거라 생각했다. 적어도 경기 중엔 절대, 쓰러지지 않을 것이다!

9. 오직 공격만이 살길

중학교 교복을 입은 지 얼마 지나지 않았을 때였다. 축구부 합격 소식에 엄만 진심 어린 축하를 해 주었다. 물론 엄마의 심정은 복잡 미묘했을 것이다. 어린 나이에 집을 떠나 숙소 생활을 한다니. 백혈병 완치 판정을 받은 지 얼마나 되었다고……. 게다가 난 공부를 아예 못하는 학생도 아니었으니 엄마는 내가 너무 어려운 길을 택하는 건 아닐까 걱정했다. 그럼에도 불구하고 엄만

'네가 원한다면'이란 말을 꼭 덧붙였다. 끝까지 응원하고 지원해 주겠다는 약속과 함께.

그리고 그때 분명 아버지에게 전화가 왔었다. 엄마는 급히 전화기를 들고 방으로 들어갔지만, 방문을 닫진 못했다. 그리고 난, 희미하게 아버지의 울음소리를 들었던 것 같다.

그 순간 난 굳게 다짐했다. 실패하지 않겠다고. 아버지의 울음소리는 내 의지에 끼얹는 기름 같은 것이었다. 아버지처럼 실패한 인생을 살고 싶지 않았다.

후반전이 시작되었다. 아마도 본격적인 창과 창의 대결이 펼쳐질 것이 분명했다. 우리에게 필요한 것은 오직 공격. 상대에게 주도권을 내주어선 안 되었다. 상대 에이스의 전담 마크맨이 사라졌으니, 저들의 공격은 분명 전반보다 강도가 세질 테니까. 아예 공격할 기회를 주지 않아야 했다. 그러려면 우린 끊임없이 밀어붙여야만 하는 것이다.

다행히 후반전 초반, 상대는 잔뜩 움츠리고 있었다. 우리의 전술이 공격적으로 전환된 것에 당황한 듯 보였다. 설령 상대에게 공격권이 넘어가더라도, 전방부터 강하게 압박해 다시 소유권을 되찾아왔다. 거의 15분 넘게 우리가 주도권을 가지고 있었고, 슈팅 수의 차이도 점점 벌어졌다. 하지만 스코어에는 변동이 없었다. 아슬아슬하게 빗나가거나 허무하게 기회가 날아가 버리곤 했다. 밀어붙이는 우리가, 조금씩 지쳐 갔다.

후반 20분, 상대는 교체를 단행했다. 투입된 선수는 키가 190cm는 되어 보이는, 엄청난 장신의 선수였다. 그리고 이는 꽤 성공적인 전략이었다. 우리의 전방 압박에 고전하던 상대는 더는 짧은 패스 위주의 공격 전개를 하지 않았다. 골키퍼가 길게 차 준 공을 장신 선수가 헤딩으로 따내면 떨어진 세컨드 볼을 이루리, 상대 팀 에이스가 받아 돌파하는 전술이었다. 아무리 힘이 좋은 병주라도, 머리 하나 정도 차이가 나는 장신 선수에겐 밀릴 수밖에 없었다. 게다가 이루리의 개인기는 평범한 고등학생 수준이 아니었으니, 그야말로 엄청난 위기가 닥친 상황이었다.

우리 팀 벤치도 정신없이 바빠졌고, 감독님과 코치님이 머리를 싸매고 전술 변경을 고민했다. 무리한 전방 압박은 오히려 상대에게 공간을 내어 주는 꼴이 되고 있었다. 결국 감독님은 전체 진영을 뒤로 물러나도록 지시했는데, 그러자 놀랍게도 상대는 다시 짧은 패스 위주의 공격을 전개했다. 우리의 대처에 따라 맞춤

형으로 전술 변화를 감행했던 것이다. 이러지도 저러지도 못하는 상황에 이젠 우리가 당황할 수밖에 없었다. 한참 동안 진행된 상대의 공격에도 다행히 악착같이 버티며 실점만큼은 막아 냈다. 수비 시간이 길어지며 체력적인 부담이 생기긴 했지만, 우리 팀 선수들 역시도 쉽게 골을 허용하진 않았다.

상대의 코너킥 상황, 공을 잡으러 뛰쳐나온 우리 팀 골키퍼 원재가 상대 장신 공격수 팔꿈치에 안면을 가격당하고 말았다. 골키퍼의 부상 상황이라 경기는 중단되었고, 급히 의료진이 투입되었다. 병주는 원재가 얼굴을 부여잡고 괴로워하는 모습에 잔뜩 화가 나서, 상대 선수를 손으로 밀쳐 버렸다. 그리고 상황은 격해지기 시작했다. 고의다, 아니다, 퇴장이다, 아니다, 서로 엉켜 있는 둘을 떼어 내느라 양 팀 감독님과 코치님들까지 경기장 안으로 뛰어 들어와야 했다. 서로를 죽일 듯이 노려보던 두 선수는 한참이 지나서야 진정할 수 있었고 주심은 두 선수 모두에게 옐로카드, 경고를 주었다. 노란 딱지를 받고서야 병주는 정신을 차린 듯했다. 그리고 선수들을 진정시킨 뒤 벤치로 돌아가던 감독님은 슬며시 내게 다가와 귓속말을 했다.

"사이드를 노려라. 코너킥 찬스를 만들어."

감독님은 정석대로 플레이를 진행해선 득점 기회를 만들 수 없다고 판단했다. 코너 부근으로 돌파를 감행하면 크로스 찬스나 코너킥 찬스를 얻어 낼 수 있을 것이고, 공격이 끊겨도 역습에 대한 대처가 수월해질 수 있었다. 괜찮은, 아니 우리에게 정말 필요한 판단이었다. 생각해 보면 전반 득점 상황도, 규원이의 돌파가 코너킥으로 이어져서 가능했던 것이었으니까. 난 급히 규원이와 인식이, 병주에게 작전 지시를 전달했다. 모두가 수긍했고, 우린 다시금 전열을 가다듬었다.

남은 정규 시간은 5분. 다행히 원재의 상태는 나쁘지 않았고 경기는 다시 진행되었다. 병주는 수비 진영에서 공을 돌리며 천천히 기회를 엿보았다. 조금씩 상대를 우리 진영으로 끌어들이려는 전략이었다. 슬금슬금 상대 선수들이 병주를 향해 조금씩 다가가기 시작했고, 나는 이 틈을 노려 수비가 없는 센터 써클 쪽으로 찾아 들어갔다. 넓은 공간에 내려와 있던 나를 확인한 병주가 공을 밀어 주었고, 난 곧바로 몸을 돌려 전방의 상황을 주시했다. 인식이가 움직일 기세를 보이자 수비들이 모두 그쪽으로 따라갔고, 덕분에 오른쪽 측면에 있던 규원이에게 공간이 생겼다. 곧장 규원이 앞으로 길게 공을 찔러 주었다. 가볍게 공을 받아 비교적 수월하게 전방까지 공을 몰고 가던 규원이는, 뒤늦게 따라붙은 수비수의 방해로 크로스를 올리지는 못했다. 하지만 우리가 간절히 원했던 코너킥을 기어이 얻어 내고야 말았다. 정말 오랜만에 찾아온, 어쩌면 다시 오지 않을 기회였다. 경기 전체를 살펴보면 분명 우리 쪽 체력 소모가 더 컸기 때문에 연장전으로 끌고 가는 건 결코 좋은 선택이 아니었다. 이 기회를 살리고, 경기를 끝내야 했다.

규원이는 전반 득점 상황처럼 손가락 네 개를 펼쳤다. 하지만 이건 변칙 전술이 아니었다. 이번엔 손바닥이 아닌, 손등을 보여 주었고 이는 정석대로 플레이하라는 지시였으니까. 단, 이번 전략에선 내 역할이 정말 중요했다. 난 영찬이가 그랬던 것처럼 페널티 에어리어 바깥쪽에서 연기를 하기 시작했다. 받자마자 슛을 할 것처럼 말이다. 그러자 수비수 두 명이 내 앞을 견제했다. 난 끝까지 빈틈을 찾고 있는 것처럼 움직였다. 규원이의 발이 공에 닿는 순간에는 움직임의 속도를 극대화하여 수비수의 시선을 내 쪽으로 유도했고, 이는 성공이었다. 골문 앞에 있던 인식이에 대한 견제가 느슨해진 것. 인식이는 헤딩의 귀재였다! 일대일 마크로는 절대 인식이를 제어할 수 없다! 인식이는 가까운 포스트

쪽으로 튀어 나가 소위 '잘라먹기'를 시도했고, 공은 골키퍼의 손을 스친 후 골망을 흔들었다. 나에겐 이 모든 순간이 슬로비디오처럼 지나갔고, 다시 원래 속도로 카메라가 돌아왔을 때야 비로소 우리 팀이 득점했다는 것을 깨달았다. 모두 인식이를 얼싸안았다. 뒤늦게 나도 인식이에게 달려가 머리를 마구 두들겨 줬다.

이제 남은 5분만 버티면 우리의 승리였다. 전원 수비. 감독님은 키도 크고 헤딩 능력이 좋은 인식이에게 상대 공격수 전담 마크를 지시했다. 역시나 상대 팀은 마음이 급해졌는지 그 장신 공격수를 향해 공을 띄워 주는 것만 반복적으로 시도했지만, 자신감이 붙은 인식이는 모든 공을 먼저 따내 버렸다. 이루리에겐 공이 투입되지도 못했다. 우리 수비는 빗장을 넘어 철창 수준이었으니까. 그렇게 남은 시간이 흘러갔고 결국 여울고등학교는 강력한 우승 후보였던 인지제철고등학교를 상대로 2 대 1 승리, 4강전에 진출했다.

경기가 끝나고 샤워를 하던 중이었다. 한창 기분 좋게 머리를 감던 나를 모두가 쳐다보고 있었다. 인식이와 병주뿐만이 아니었다. 같은 공간에 있던 모두가 내 몸을 심각한 눈빛으로 바라봤다.

"니들 뭐야, 씻는데 왜 민망하게 쳐다보냐?"

"썬. 너 몸이 왜……."

병주의 말에 얼른 머리를 헹구고 몸을 살펴봤다. 온몸 곳곳에 시퍼런 멍이 들어 있었다. 한두 군데가 아니었다. 그제야 난 직감했다. 2주가 지났으니 이제 병원으로 가야 한다는 걸. 나의 시간은, 이제 끝을 향해 가고 있었다.

3부

1. 복수를 위한 또 하나의 단계

난 이튿날 바로 병원에 입원했다. 승리 기념 치킨 파티에 참여할 겨를도 없이 짐을 쌌다. 엄마가 날 데리러 왔고, 다행히 의사 아저씨가 급히 병실을 마련해 주었다. 순조롭게 입원 절차가 진행되었지만, 그럴수록 우울감이 더 커졌다. 당장 잃은 것들이 눈앞에 아른거렸다. 승리에 대한 기쁨을 만끽하고 싶었고, 다음 경기를 준비하고 싶었다. 나로 인해 우리 팀 분위기는 완전 바닥을 치고 있지 않을까. 아마 4강전 준비에도 큰 차질이 생겼을 것이다. 무엇보다 아직 해결하지 못한 것, 003 작전에 대한 아쉬움 때문에 화가 치밀어 올랐다. 누굴 탓할 수도 없는 이 상황이 너무 싫었다.

나는 병실에 홀로 남게 되었다. 정확히는 혼자 있고 싶다며 징징댔다. 의사 아저씨는 심리적 안정을 위해서라도 그게 좋겠다며 엄마에게 일하러 가라고 이야기해 주었다. 당장 보호자가 있어야 할 필요도 없기는 했다.

원하는 대로 되었지만, 아이러니하게 공허함 속에 머무는 것이 싫었다. 자꾸만 올라오는 슬픈 감정들과 싸울 자신이 없어 마침 눈에 띈 리모컨으로 텔레비전을 켰는데 상상 이상으로 채널이 정말 많았다. 영화 채널, 스포츠 채널, 드라마 채널, 쇼핑 전문 채널도 있었는데 이백 개가 넘는 숫자 중 내 선택은 15번, 코미디 채널. 억지로라도 웃고 싶었다.

한 여성이 무대 중앙에 서 있었다. 예쁘게 화장도 하고 옷도 화사하게 입은 채로. 그러고는 한 남성이 그녀에게 다가갔다. 여성은 부끄러운 미소를 짓고 있고, 남성은 위아래로 그 여성을 훑어보더니, 한마디를 남기고 자리를 떠났다.

"너, 오늘 분장 잘됐다. 웃긴데?"

아마도 여성의 '못생김'을 부각하는 개그였던 것 같다. 외모 비하를 웃음으로 승화하려는 태도가 마음에 들지 않았다.

다음 코너엔 노란 옷을 입은 개그맨 여럿이 등장했다. 한 명은 어떤 장치나 도구를 사용하지 않고 계속 혼자 빠르게 말을 했다. 난 전혀 알아들을 수 없는 내용이었는데, 우스운 이야기보단 시사적인 이야기를 하는 것 같았다. 물론 보통 사람들보다 훨씬 빠르게 말을 하는 게 신기하긴 했지만, 정치 성향을 과도하게 드러내는 것이 좀 불편했다. 정답이 없는 걸 정답인 것처럼 말하는 약간, 꼰대처럼 느껴졌달까. 그러는 와중에 나머지 인물들은 아무 말도 하지 않고 계속 서로의 이마를 때렸는데, 가학적으로 웃음을 유발하는 것에 불쾌해졌다. 아픔이 어떻게 웃음이 될 수 있단 것인지. 불쾌함을 넘어 화가 날 지경이었다.

다시 리모컨을 들고 채널을 돌렸다. 다음으로 멈춘 곳은 뉴스 전문 채널. 혹시 모르니 계속 틀어 놓고 전국 청소년 축구대회 소식을 기다려 보기로 했다. 신기하게도 코미디 프로그램보다 집중이 더 잘되었다. 열아홉이라는 나이가 될 때까지 단 한 번도 관심을 가져 보지 않았던 세상 속 이야기들이 흘러나왔다. 디지털 범죄와 사기 범죄가 증가하고 있다는 소식, 도지사 보궐 선거에 출마한 후보자에 대한 반대 시위 소식, 훈련 중 사망한 국군 장병들의 소식 등 보기만 해도 우울증을 유발하는 뉴스들만 연이어 쏟아졌다. 축구 소식은 없었다. 뒤죽박죽 엉켜 있는 세상사에 여울고등학교의 전국대회 4강 진출 소식은 끼어들 틈이 없을 만도 했다.

보지도 않을 텔레비전은 계속 틀어 놓고, 침대에 누워 휴대폰을 만지작거렸다. 미안한 마음이 들어서 인식이나 병주에게 연락하지는 못했다. 괜히 저장된 연락처를 뒤져 보기도 했지만, 딱히 연락할 만한 사람도 없었다. 인식이와 병주 때문에 잊고 있었다. 난 원래 혼자 보내는 시간이 많았던 사람이란 걸. 빈자리가 드러나고서야 그 자리를 채워 주던 사람의 고마움을 느낄 수 있다는 건, 저주와도 같은 일이었다.

내가 혼자 있음을 인지할 수 있는 건 시간만으로도 충분했다. 누구나 혼자 있으면, 시계를 보니까. 혼자 있다는 사실을 인정하고 싶지 않아서 자꾸만 무언가를 하려 하지만, 결국 깨닫게 되는 건 혼자라는 사실이다. 그렇다고 누군가와 함께 있고 싶은 기분도 아닌, 스스로가 아이러니하게 느껴지는 순간. 이걸 사람들은 '외로움'이라고 부르는 게 아닐까.

"띠링."

'신이 있긴 하구나'라는 생각을 하게 만든 울림이었다. 휴대폰 문자 알림 소리. 신은 나의 쓸쓸함을 엿보기라도 한 듯 정확한 타이밍에 문자를 울려 주었다. 그리고 이건, 절대 평범한 메시지가 아니었다.

'김선 학생. 반갑습니다. 홈페이지 통해 메시지 보내 준 걸 이제야 봤네요. 만나서 이야기 나누면 좋겠어요. 이번 주말 시간 되시나요?'

그 사람이었다. 내게 지옥을 선사한 장본인. 외로움을 정의하며 철학적 사고를 할 여유가 사라졌다. 심장이 뛰기 시작했다. 심장 박동 소리가 몸 밖으로 새어 나올 정도로 큰 울림이었다. 정말 날 기억하지 못하는 걸까? 다짜고짜 만나자고? 다른 학생이랑 착각하는 건가? 손이 벌벌 떨리면서도 별의별 생각이 다 들었다. 하지만 당장 나에게 조언을 해 줄 감독님이나 코치님, 우리 팀 주장이나 스트라이커는 없었다. 난 단독 돌파를 감행해야 했다. 공격엔, 공격으로 맞선다.

'주말에 시간 됩니다. 저도 꼭 만나 뵙고 싶었는데 이렇게 연락이 와서 다행입니다.'

최대한 능청스럽게 답장을 보냈고, 이에 대한 답장을 또 받았다. 주고받은 메시지는 많지 않았지만, 정말 강렬했다. 복수를 위한 또 하나의 단계가 성립되는 순간이었다. 주말 약속이 생겼다. 여울아파트 상가 안 카페에서 오전 11시.

2. 최악의 경기

입원 이틀째. 아픔을 투정 부리는 것이 사치임을 알게 되었다. 간호사 누나가 알려 주었는데, 갑자기 입원하기도 어려운 일이지만 병실을 잡은 것도 의사 아저씨 '빽'으로 겨우 가능한 것이었다. 나와 비슷한 병을 앓고 있는 환자가 만 명 정도 존재하는데, 이들을 수용할 수 있는 병원은 턱없이 부족한 탓이다. 투정 부리는 대신 감사한 마음을 갖기로 했다. 아니, 치료를 기다리고 있는 분들에게 죄송한 마음을 갖기로 했다. 실제로 위급한 수술조차 미뤄지고, 응급실에서 몇 날 며칠을 버티는 환자들이 많다고 한다. 내가 죄송한 마음을 가져야 하는 건 인간으로서 당연히 가져야 할 도리였다. 그런데 이런저런 생각을 하다 허탈한 웃음이 나왔다. 몸이 아프니까 정신도 오락가락하는 것일까. 복수하겠다고 설치고 있는 놈이 죄송한 마음은 무슨.

그래도 오전엔 그럭저럭 지루하지 않게 보냈다. 드디어 인식이와 병주에게 메시지가 온 것이다. 인식이는 경기가 끝나고 계속 집에서 잠만 잤다고 했다. 경기 바로 이튿날엔 휴가 개념으로 귀가할 수 있는데, 인식이는 어차피 잘 거 괜히 집에 갔다며 투덜거렸다. 몇 년 나와서 살았더니 이젠 숙소가 더 편하다는 말도 했다. 하긴 나도 그랬다. 난 애초에 집에서 벗어나기 위해 축구부 생활을 선택했으니까. 병주는 아니나 다를까 닭갈빗집에서 부모님과 함께 식사를 했는데, 평소보다 적게 먹었는데도 부모님이 놀란 눈치였단다. 병주는 아랑곳하지 않고 마지막 볶음밥으로 정점을 찍었다며 자랑했다. 그리고 난, 담임과 나눈 문자 메시지 소식을 전해 주었다. 둘은 놀라워했다. 당연한 반응이었다. 정말 연락이 오는 장면은 상상에서만 존재했으니까. 나는 나름대로 일정을 고민해야 했는데, 내 전담 간호사분께서는 간단한 피 검사 외에는 주말이 지나야 가능할 것이라 말해 주셨다. 불행인지 다행인지 항암 치료는 003 작전을 완벽히 마무리한 이후로 계획되었다. 모든 게 다 맞아떨어지고 있었다. 아픈 것도 잊고, 마음 한구석이 편안해짐을 느꼈다.

토요일 아침이 밝았다. 모든 구름이 자취를 감춘, 유독 맑은 아침이었다. 사실 아침 햇살에 눈을 뜬 것은 아니었다. 밤새 잠을 이루지 못했다. 아니, 밤새 멘트를 연습했는데, 끝까지 첫 번째 문장을 결정하지 못했다.

'당신 덕분에 우리 가족은 완전히 무너졌고, 제 삶도 완전 망가졌습니다. 참 감사하네요.'라는 문장과 '당신한테 맞고 쓰러졌던 그 순간부터 단 한 번도 잠을 제대로 이뤄본 적이 없어요.'라는 문장을 두고 혼자 씨름을 했다. 도대체 이게 무슨 차이가 있냐고 물어볼 수도 있겠지만, 내가 볼 땐 어느 지점에 초점을 맞추느냐에 따라 그 의미가 달라질 수 있다. 가족을 강조하느냐, 나만 강조하느냐. 폭행이라는 점을 부각하느냐, 마느냐. 난 고민으로 인해 완전히 녹초가 되고 나서야 그때 가서 생각나는 문장을 말하는 걸로 나와 합의를 했다.

비록 애초에 계획했던 것처럼 근무하는 학교에 찾아가는 건 불가능해졌지만, 묵혀 뒀던 응어리를 풀어낼 수 있으리란 생각에 충분히 만족할 만했다. 서서히 밝아 오는 창밖 세상을 바라보며 긴장감이 점점 커져만 갔다.

'이번 경기엔 내가 주전이다. 아니, 나만 주전이다. 나는 할 수 있다.'

담임과의 만남은 내 플레이에 경기의 승패가 좌우되는, 굉장히 부담되는 경기였다. 축구 시합에 임할 때처럼 계속해서 주문을 외웠다.

미리 두 시간 정도의 외출을 허락받고 나갈 채비를 했다. 단정하게 옷을 차려입고, 마지막까지 거울을 보며 멘트를 연습했다. 항암을 본격적으로 시작하지 않아서인지 다행히 아직 겉으로 몸의 변화가 보이진 않았다. 실제론 고열이 심했고, 가만히 있어도 숨이 찼지만. 그럼에도 불구하고 버틸 이유는 충분했다.

병원 앞엔 혹시나 했는데 역시나 인식이와 병주가 나와 있었다. 감독과 코치가 선수와 함께하는 건 당연하다는 듯한 표정이었다.

“너희는 여기까지 어쩐 일이냐. 나 혼자 간다니까.”

“니 혼자 가라. 그냥 우리는 따라만 갈 낀데?”

“썬. 003 작전이라며? 셋이 같이 가야지. 너 말 잘하는지 옆에서 우리가 지켜볼 거거든? 잘해라, 짜샤.”

그랬다. 003 작전. 셋이 함께 간다고 생각하니 긴장이 풀리고 자신감이 조금은 생겼다. 가는 길은 심심치 않았다. 버스를 타고 15분 정도밖에 안 되는 거리였지만, 인식이와 병주는 한 시간 분량의 많은 이야기를 쏟아 냈다. 물론 주제는 8강전 이야기였고, 각자 자신의 활약상을 늘어놓느라 정신이 없었다. 귀가 따가울 지경에 이르렀을 때 난 기습적으로 질문을 던졌다.

"너희들 얘기는 그만하고, 영찬이는 어떤지 좀 말해 보지?"

"걱정 안 해도 된다. 고마 니 땜에 묻혔다 아이가."

"걱정할 정도는 아니긴 한데, 무릎 쪽이 많이 부었더라고. 경기까지 졌으면 아마 영찬이 멘탈 박살이 났을 거다. 이겨서 다행이지……. 엄청 자책하더라고."

다행이었다. 영찬이는 앞으로도 우리 팀 주축으로 활약할 녀석이었다. 크게 안 다쳤으니 아마 다음 경기에서도 멋진 플레이를 선보일 수 있을 테지.

이런저런 대화가 오가다 보니 어느덧 약속 장소에 도착했다. 들어가기 전 우린 나름의 세부 전술을 만들었다. 사실 별것 아니긴 했지만. 간단히 말하자면 대각선으로 떨어진 곳에 앉아 대화를 엿듣겠다는 거였는데, 둘은 대각선이 나은지 옆이 나은지를 놓고 한참 논쟁했다. 결국 가위바위보에서 이긴 인식이 말을 따르기로 했고, 우린 조심스레 카페 안으로 들어갔다. 아이스크림 가게를 제집 드나들 듯했던 둘은 자연스레 음료를 주문하고 자리를 잡았다. 나도 자리에 앉아 약속 시각인 11시가 되기를 기다렸다.

난 언제나 병주에게 공을 받아 인식이에게 넘겨주는, 중간 역할을 하는 선수였다. 혼자 돌파를 감행하는 것은 내 스타일이 아니었다. 내가 스스로 만들어 낸 과제를 홀로 풀어낸다는 것은 한 번도 경험해 보지 못한, 결코 쉽지 않은 일이었다. 시간이 다가오면서 잠잠했던 심장이 다시 요동치기 시작했다. 가게 문이 열릴 때마다 발작이라도 할 것처럼 양쪽 뺨이 파르르 떨렸다.

11시 정각이 되었을 때, 가게 문이 한 번 더 열렸다. 내 또래쯤 되어 보이는 남자였고, 나는 안도의 한숨을 내쉬었다. 그런데 이상했다. 그 남자는 주변을 둘러보더니 '찾았다'라고 말하는 것처럼 점점 내 앞으로 다가왔다.

'뭐지? 이 사람은 너무 어린데. 나한테 왜 오는 거지? 뭘 물어보려는 건가?'

생각할 틈도 없이 기습적인 카운터 어택이 시작되었다.

"혹시, 김선?"

나는 자리에서 벌떡 일어났다.

"아, 제가 김선인데요. 누구신지……."

"윤현석 선생님께 연락하셨었죠?"

"맞는데 누구신지……."

"김선. 나 기억 못 하겠어?"

남자는, 아니 낯선 얼굴의 학생은 자연스레 맞은편 의자에 앉았다. 우선 음료부터 주문하자며 내게 무엇을 마실 건지 물었다. 얼떨결에 난 오렌지 주스를 이야기했고, 녀석은 주문을 하러 갔다. 당황해하는 나에 비해 상대의 움직임엔 거칠 것이 없었다.

"뭐꼬! 점마는 누군데? 뭔 일이고?"

대각선 테이블에 앉아 있던 인식이와 병주도 우리의 예상치 못한 만남에 집중하고 있었다. 인식이가 속삭이는 소리가 들렸지만, 난 아무런 반응을 할 수가 없었다.

"기억 못 할 줄 알았어. 나, 너랑 3학년 때 같은 반이던 윤철중이야."

"윤…… 누구?"

"윤, 철, 중. 왜, 너랑 반장 선거 나갔다가 난 떨어지고 네가 당선됐잖아. 나는 한 달 만에 전학을 갔고."

윤철중. 다행히 금방 기억이 났다. 녀석은 나 때문에 학교에서 최고 인기인의 자리에서 물러나야 했었고, 금세 전학을 가 버려 녀석과의 추억 따윈 없었다. 그런데, 그런데 왜, 녀석이 이 자리에 나온 것인가.

"윤현석 선생님한테 연락했지? 그분이, 우리 아버지야."

"뭐? 네가 그분 아들이라고?"

거짓말 같은 말이었다. 담임이 자기 아버지라고? 이걸 믿으란 말인가. 녀석은 의아해하는 내 표정을 보며 그럴 줄 알았다는 듯 말을 이어 나갔다.

"그래. 당시엔 아무도 그 사실을 몰랐어. 선생님들도, 아무도……. 아버지가, 나에 대한 기대가 지나치게 컸지. 그때 아버진 물불 안 가리던 사람이셨거든. 날 당신의 시야에 늘 두려 하셨어. 일일이 모든 걸 간섭하셨지……."

"……."

무슨 전래동화라도 들려주듯 녀석은 말을 이어 나갔다. 난 아무 말 없이 어안이 벙벙한 채로 계속 귀를 기울였다.

"그날 반장 선거에서 너한테 지고 나, 무지 혼났어. 이런 작은 동네에서도 최고가 되지 못하면 사회에 나가서 뭐가 되겠냐며……. 선거에서 패배한 내 모습을 보기가 힘드셨나 봐. 한 달 만에 전학을 보내시더라."

그래, 말도 안 되는 이야기든 뭐든 상관없었다. 하지만 여전히 의문은 남아 있었다. 왜 본인이 아닌, 아들이 나왔단 말인가.

그런데 녀석은 또 눈치를 챘다는 듯 궁금해할 말을 알아서 자연히 풀어냈다.

“아버지가, 두 달 전에 돌아가셨어. 아직 은퇴할 나이도 아니신데…….”

돌아가셨다니. 단 한 번도 경험해 보지 못한, 아니 단 한 번도 생각해 보지 못한 공격이었고, 밤새 준비한 문장들은 아무런 활약을 하지 못하는 상황이 되어 버렸다. 선제골을 먹은, 아니 우리 팀 선수 여럿이 불시에 퇴장을 당한 것 같은 난관에 부닥치면 아무리 요한 크루이프 급의 뛰어난 명장이라도 쉽게 대처할 수 없을 것이다. 나의 문장들에게, 대처 방법을 알려 줄 수가 없었다. 대체 누굴 어떻게 교체해야 하는 것인지.

“지병이 있으셨어. 1년 가까이 병상에서 고생하시다가, 얼마 전에……. 조금만 일찍 연락 줬으면 마지막으로 얼굴이라도 봤을 텐데…….”

이 녀석이 출전을 감행한 이유가 확연히 드러났다. 그것은 한 단어로 표현하면 ‘안타까움’이었다. 제자와 그 제자의 은사님이 만나지 못한 것에 대한 안타까움. 통탄할 노릇이었다. 녀석은 전학을 가 버렸으니, 이후에 벌어진 일들에 대해선 아마 전혀 모르고 있는 눈치였다.

“아버지 휴대폰 아직 처분하지 못 했거든. 솔직히 아버지가 교직 생활을 잘하셔서 이렇게 찾아 주는 제자가 있다는 게 뿌듯하기도 했고, 그래서 나왔어. 연락이 없으면 계속 기다릴 같아서…….”

난 무참히 얻어맞고 있었다. 한 골, 두 골, 상대는 우리 팀 골망을 계속해서 흔들었다. 짓밟힐 대로 짓밟히는 최악의 경기. 빨리 이 경기가 끝났으면 했다. 녀석은 내 연락처 같은 간단한 것들에 관해 물었고, 추가로 몇 골을 더 터뜨린 뒤에야 자리에서 일어났다.

“문자로 아버지 모신 곳 주소 남겨 놓을게. 여기서 멀지 않거든. 찾아 주면 아마 굉장히 뿌듯해하실 거야. 혹시 갈 때 연락해 주면 내가 같이 갈 수도 있고.”

마지막 쐐기 골까지 터뜨린 후 녀석은 악수를 청했고 난, 어쩔 수 없이 손을 부여잡았다. 패배를 인정하는, 마지막 예의를 갖춘 것이었다. 녀석이 떠난 후 인식이와 병주에게 인사도 하지 않고 그대로 병원으로 향했다. 지독한 패배감이 몰려왔다.

3. 무균실에서의 만남

미리 빡빡머리가 되었다. 어차피 밀어야 하니 내 의지로 당당히 밀어 버린 것이다. 숱한 헤딩으로 동그랗게 잘 다져진 두상은 그다지 흉하진 않았다. 그리고 하루쯤 지나 골수 검사를 했다. 검사할 땐 마취를 해서 괜찮았지만 검사가 끝나고선 정말 곤욕을 치렀다. 움직이는 것만으로도 고통스러웠는데, 이건 어쩌면 당연한 고통이었다. 뼈에 구멍을 뚫어 골수를 뽑아냈으니. 검사 후엔 오랜 지혈이 필요해서 거의 여섯 시간 가까이 누워 있기만 했다. 화장실도 갈 수 없어서 급하면 지급된 소변통에 해결했다. 하지만 그게 다였다. 진정으로 내게 고통을 주는 건 10년 전과 마찬가지로, '졌다'라는 사실뿐이었다. 아, 한 가지가 더 있다면 그건 죽음을 맞이하는 일이었다. 난, 서서히 죽음에 다가서고 있었다.

뻔한 일이었지만 검사 결과 백혈병 진단을 받았고, 이와 맞물려 열은 40도 가까이 올랐다. 백혈병에도 종류가 여럿 있는데, 내게 찾아온 녀석은 완치율이 높은 것이라며 아저씨는 용기를 주려 애썼다. A인지 M인지 알파벳들과 3인지 5인지 숫자들이 막 섞여 있는, 한 번에 알아듣기 어려운 이름이었다. 나중에 알았지만, 백혈병의 종류는 열다섯 가지가 넘는다고 한다. 여하튼 다행히 암세포의 수치가 낮아서 금방 회복될 수 있을 거라고 다시 한번 말해 주었고, 아저씨의 역할은 거기까지였다. 이제 전담 의사 선생님이 생길 것이기에 아저씨는 자신의 영역으로 돌아가야 했다.

새로운 선생님께 앞으로의 일정과 처방되는 약의 종류, 나타나게 될 증상 따위를 설명받았다. 한 번에 여섯 알을 먹어야 하는 약도 있었는데 이 약은 부작용으로 두통, 기침은 당연하고 구토, 설사 심하면 경련이 온다고도 했다. 그래서 이런 부작용을 억제하는 약을 또 먹어야 했는데, 이 약들에도 또 부작용이 있었다. 백혈병 투병은 온갖 알약들과의 전쟁이기도 했다.

인식이와 병주는 치료 과정을 궁금해했고, 자주 전화와 문자로 연락을 했다. 빡빡머리 사진을 보내 줬더니 생각보다 안 웃겨서 짜증 난다는 말을 듣긴 했지만, 정말 잠시나마 웃을 수 있었다. 히크만 카테터로 항암제를 주사하는 과정이 있는데, 난 녀석들을 놀려 주려고 몸에 구멍을 내서 관을 집어넣고 그걸로 약을 투여하는 것이라고 친절히 설명을 해 주었다. 둘은 끔찍하다며 까무러쳤다. 이걸 한동안 계속 달고 있어야 한다는 말까지 해 주려다가, 어차피 마취하면 아무 느낌이 나지 않는다고 진정시켜 주었다.

인식이가 먹는 얘길 꺼냈다. 학교 급식이랑 별 차이가 없을 것으로 생각했는지, 밥을 잘 챙겨 먹으라고 했다. 사실 살균식인지 멸균식인지 아님 저균식인지 여하튼 제한된 음식만 먹을 수 있었는데, 애초에 입맛도 많이 사라진 상태인 데다 속도 매스꺼워서 제대로 먹는 건 거의 포기한 상태였다. 아무리 병주여도 닭갈비 볶음밥조차 생각나지 않게 될 거라 둘에게 호언장담을 했다. 문득 엄마가 끓여 준 김치찌개가 생각나긴 했지만.

일부러 우울증이란 호수에 빠지려는 사람인 것처럼 굴었다. 아니, 저절로 그리되었다. 계속 몽롱한 상태로만 지내다 보니 하루하루가 잘 기억나지 않았다. 벌써 내가 죽은 건가 싶은 혼돈에 빠지기도 했다. 확실한 건 내가 병실을 옮겼다는 것이다. 보통 병실과는 다른, '무균실'이란 곳이었다. 이건 내가 병균과 싸워 이길 힘이 없어진 상태가 되었다는 의미였다.

이곳엔 가족들의 면회까지도 제한된다. 혹시라도 면회를 올 땐 우주복이라고 불리는 방진복, 마스크, 위생장갑은 물론이고 환자에게 전달되는 물품은 일일이 확인해 소독 절차를 거친다. 당연히 면회 시간도 하루 30분으로 정해져 있다. 매일 오후 4시부터 4시 30분. 어른들에겐 굉장히 애매한 시간이다. 출근 전도 아니고, 퇴근 후도 아닌. 면회 인원을 최소화하기 위해 병원에서 만들어 낸 전략인 것 같기도 하다. 엄마도 그렇게 느낄지는 모르겠지만, 언제부턴가 불편해진 엄마와의 관계를 덜 신경 쓸 수 있어서 나에겐 다행이었다. 엄마에겐 알아서 잘 지낼 테니 내 걱정은 하지 말라고, 일하러 가라고 말했다.

가만 보면 나도 참 이상했다. 왜 엄마에게 직접 화를 내거나 따지지 않는 걸까? 물어보기라도 하면 뭔가 궁금증이 해결될 수 있지 않았을까? 엄마 몰래 점점 엄마를 미워하고 있으면서, 그 마음을 곧이곧대로 드러내진 않고 있었다. 미워할 대상이 필요해서 억지를 부리고 있는 것일까? 아니면, 미워하고 싶어도 미워할 수 없는 사람이어서 그러는 걸까……. 나는 분명, 감정의 소용돌이에 점점 빨려 들어가고 있었다.

엄마가 면회를 오지 못해 해방된 느낌을 받는 건 정말 잠시뿐이었다. 무균실에서의 하루하루는 단연코 외로움과의 싸움이었으니까. 가족들도 쉽게 들어올 수 없는 병실에서 호중구 수치가 정상이 될 때까지 버티고, 또 버텨야 했다. 도무지 할 게 없던 난 며칠 동안 침대에 가만히 누워 휴대폰 메모장에 이것저것을 끄적였다. 천천히 내 머릿속 혼란스러움을 정리하고 싶었다.

1. 어릴 적 내 병원비는 누가 내준 걸까?

2. 엄마는 대체 무슨 일을 하길래 변호사 아저씨를 만나고 있는 걸까?

3. 복수는 이대로 끝인 걸까?

나를 괴롭히던 질문 세 가지를 적었지만, 역시나 답을 당장 찾아낼 순 없었다. 허무함이 짙어지기만 할 뿐. 인식이와 병주에게 연락을 해 볼까 한참이나 고민했지만, 방해가 될까 싶어 억지로 질문 만들기를 더 해 보기로 했다.

4. 의사 아저씨는 맘대로 면회를 올 수 있는 거 아닐까?

5. 인식이랑 병주 말고 혹시 우리 반 애들 중에 면회 오는 애는 없을까?

6. 축구팀 분위기는 어떨까?

7. …….

다음 질문을 만들려다 깜짝 놀라 다시 읽어 보았다. 질문들에는 묘하게 공통점이 있었다. 특정한 정서가 바탕이 되어야 가능한 내용이라는 점이었다.

'혹시……. 나 지금 외롭나?'

헛웃음인지 쓴웃음인지 헷갈렸지만 혼자 소리 없이 웃었다. 다른 사람이 볼까 민망해 얼른 침대 커튼을 쳤다.

나와 무균실을 함께 쓰는 환자들은 세 분이 더 계셨는데, 다들 뭐가 그리 재밌는지 매일 휴대폰만 들여다보고 있었다. 사실 그편이 나도 좋았다. 나에 대해 꼬치꼬치 캐묻거나 하면 귀찮을 것 같았다. 가족들의 면회도 제한적이다 보니 병실마다 공동으로 간병을 해 주는 분이 계셨고, 덕분에 크게 신경 쓸 부분도 없었다. 간병인 아주머니는 굉장히 친절하고 상냥하셨는데 도움을 청하면 뭐든 다 들어주셨고, 그 외에 귀찮게 하거나 방해하는 일은 없었다. 무균실은 자유가 완전히 보장된 지옥이거나, 통제가 극심한 천국이거나 둘 중 하나였다.

휴대폰을 내려놓고 낮잠이나 자야겠단 생각을 하고 있는데, 갑자기 간병인 아주머니께서 나를 불렀다.

"김선 학생, 면회 왔어요."

애들은 학교에 있을 시간이고, 엄마는 일하러 갔을 시간인데. 방진복을 입고, 마스크를 착용하고, 위생장갑까지 착용한 사람이 병실로 들어왔다. 달에 착륙한 우주인처럼 뒤뚱거리는 모습이 우스꽝스러웠다. 그렇지만 반가웠다. 무균실에 입성한 후 첫 면회자 아니던가. 난 일부러 쳐다보지 않고 침대 위를 정리하는 척했다. 너무 반가운 기분을 들키고 싶지 않았다.

"선아."

익숙하지도 낯설지도 않은 모호한 음성이 귓속을 파고들었고, 동시에 나의 기대감은 와르르 무너져 내렸다. 음성의 주인은 가만히 서서 날 지켜보다가, 내가 정리하는 걸 거들어 주기 시작했다.

"그냥 두세요."

일부러 퉁명스럽게 이야기했지만, '선아'라며 지긋이 재차 부르는 바람에 난 모든 걸 멈추고 부름에 답했다.

"도대체 여긴 왜 오셨어요?"

큰 소리로 따지고 싶었지만 오랜만에 찾아온 무균실 방문자는 나머지 환자분들께도 관심의 대상이었고, 그 호기심 어린 시선이 고스란히 느껴졌다. 최대한 목소리를 낮추어야 했다.

"그냥 뭐. 할 말도 있고 해서."

"하세요, 그럼."

아버진 침대 옆에 있는 의자에 앉아 시선을 떨구고 한참이나 가만히 있었다. 침을 크게 꿀꺽 삼키더니 그제야 입을 열었다.

"아빠, 치료 끝났어."

"무슨 치료요?"

"알잖아. 아빠 이제 술 안 먹어."

난 아버지가 치료에 실패할 것이라 생각했던 것 같다. 예상치 못한 결과였달까. 그렇다고 박수를 쳐 주고 환호성을 질러 줄 순 없었다.

"네. 알겠어요."

"선아……."

난 '할 말 없으니 이제 그만 나가 달라'라는 소리 없는 외침을 눈빛으로 발산했다. 아버지가 눈치가 빠른 사람이었는지 아닌지를 속으로 고민하려 할 때, 아버진 또 말을 꺼냈다. 눈치는 없는 사람이다.

"나한테 그간 많이 화난 거 알아. 지금 당장 화 풀란 것도 아니고. 그냥 내가 노력하고 있다는 걸 말해 주고 싶어서 왔다."

난 아버지의 변명 따윈 듣고 싶지 않았고 약속 따윈 믿고 싶지 않았다. 눈빛으로 의미 전달이 안 된다면 행동으로 보여 줘야겠다는 생각이 들어 휴대폰을 켜고 딴짓을 했다. 다행히 아버진 더는 말을 이어 가지 않았다. 결국 포기한 듯 아버지가 자리에서 일어난 순간, 다급히 아버지를 불렀다.

"아버지!"

우주인이 된 아버진 힘겹지만 재빠르게 몸을 다시 돌렸다. 기대하는 눈치였다.

"어! 그래. 선아, 말해 봐."

"아버지, 저 어렸을 때 그때도 수술하고 막 그랬잖아요. 아시죠?"

"당연히 알지. 그건 왜?"

"그때 병원비는 누가 내준 거예요? 비싸지 않았어요?"

아버지는 기대가 와르르 무너진 것처럼 보였다. 아니면 화들짝 놀랐거나.

"그건 말이다……."

난 또다시 눈빛으로 아버지에게 내 메시지를 전송했다. 화해를 하고 싶으면 털어놓으라는 협박의 메시지. 아버지가 또 눈치 없음을 증명하지 않길 바랐다. 다행히 아버진 눈치가 아예 없는 사람은 아니었다.

"그때는 내가 군인이었잖냐. 병원비는 거의 안 들었어."

"네? 병원비가 안 들었다는 게 무슨 말이에요?"

"사실 나도 처음엔 병원비 마련하는 게 걱정되긴 했지……. 그런데 알고 봤더니 군인보험에 가족들도 다 해당이 되더라고. 조금 모자라긴 했는데, 여기저기 재단 같은 데서 도와주기도 했고 해서 우리 돈은 안 쓴 거나 다름없었어."

내가 내 인생의 최대의 빚으로 여겼던 건 다름 아닌 보험회사가 가지고 있었다. 따지고 보면 아버지가 보험료를 계속 냈을 터이니, 이건 빚도 아니었다. 아니, 아버지한테 빚진 것이라고 해야 하나. 급히 휴대폰 메모장에 답을 달았다. '아버지 군인 보험.'

혼자 어이없어하느라 아버지가 계속 서 있단 걸 잊고 있었다. 아버지는 나의 답을 기다리고 있던 것 같았다. 그런데 그때 아버지는 대체 왜 돈이 필요했던 걸까? 이건 반전인지, 뻔한 결

말인지 도무지 정리가 되질 않았다.

"그냥 궁금했어요. 감, 감사해요."

아버지가 미소 지었다. 용기라도 생긴 건지 다시금 의자에 와서 앉았다.

"아직, 시간이 좀 남았었네."

저 어색한 말투에 웃음이 나올 뻔했지만, 꾹 참았다. 아버지는 내게 필요하거나 먹고 싶은 것 따위를 물었다. 난 먹는 건 어차피 힘들고, 이어폰을 부탁했다. 공허함을 깨워 줄 무기가 필요했으니까.

뻔한 대화였지만, 지난 10년간의 대화 중 가장 긴 느낌이었다. 그렇게 아버진 정해진 면회 시간을 꼬박 채우고서야 병실에서 나갔다.

4. 엄마의 비밀

FC바르셀로나에는 최고의 유소년 시스템이 구축되어 있다.

리오넬 메시, 사비 에르난데스, 안드레아스 이니에스타와 같은 선수들이 이러한 시스템을 통해 배출된 선수들이다. 그리고 이러한 체계적인 시스템을 구축한 것이 바로, 요한 크루이프였다. 바르셀로나의 유소년 시스템을 '농장'이란 의미를 가진 '라 마시아'라고 부르는데, 당시 세계적인 구단들이 자금을 투자해 유명 선수들을 영입하는 데 열을 올렸지만, 바르셀로나는 유소년 선수들을 차근차근 길러 내며 현대 축구에 새로운 장을 열어 내는 데 성공했다.

모든 계획은 단기적 그리고 장기적인 관점에서 함께 이뤄져야 한다. 당장 눈앞에 있는 무언가를 잡기 위해서만 무리한다면, 그 이후의 순간들을 놓칠 수밖에 없으니까. 반대로, 당장 성과가 없다고 해서 좌절하고 포기한다면 미래에 다가올 귀한 성과물을 얻어 낼 수 없다. 크루이프는 미래를 위한 투자를 멈추지 않았다.

병실의 불은 조금 빨리 꺼진다. 밤이라는 시간이 주는 공허함은 장기 입원 환자들에겐 일반인의 그것보다 훨씬 크기 때문이다. 수술할 때 수면마취를 해 이를 느끼지 못하게 만드는 것처럼, 잠은 고통을 상쇄하기 위한 인간이 가진 가장 유용한 기술이다.

그래서일까? 극심한 고통에 시달리는 이들은 영원한 수면이라는 극단적인 선택을 하기도 한다.

나에게도 잠이 필요하다 생각될 무렵, 갑자기 메시지 알림이 울렸다.

'5분 뒤에 9시 뉴스 하니까, 그거 꼭 봐라! 무슨 일이 있어도 꼭!'

병주였다. 드디어 축구팀 소식이 실렸구나, 하고 생각했다. 뉴스에 실렸다는 말을 들으니 갑자기 기대감이 생겼다. 나에 관한 관심은 여전할까? 아니, 이름만이라도 언급되면 좋겠다고 생각했다. 당장 아버지가 사다 준 이어폰을 꽂고 휴대폰 DMB로 뉴스 채널을 찾았다. 이어폰은 성능이 꽤 괜찮았고, 귀에 꽂고 있으면 나를 둘러싼 세계에서 벗어나 새로운 세계로 진입하는 느낌이 들어 좋았다. 사람들이 왜 다들 귀에 하나씩 꽂아 놓고 다니는지 충분히 이해되었다. 스포츠 소식은 뉴스 막바지에야 언급하겠지만, 방심하다 놓쳐 버리는 일이 없도록 처음부터 보기로 했다. 화장실에 가는 것도 꾹 참고 세상사 소식을 조용히 감상했다.

첫 소식부터 무거운 주제가 다뤄지고 있었다. 하필이면 버스가 지나가는 길옆으로 건설 중이던 건물이 무너져 내려 수십 명의 인명 피해가 발생했다는 소식이었다. 버스엔 내 또래 학생들이 대부분이었다고 했다. 혹시나 생존자가 있을까 계속해서 수색 작업이 진행 중이었다.

두 번째 소식은 입원 첫날 보았던 뉴스에 이미 실렸던 내용이었다. 도지사 보궐 선거에 나온 후보자에 관한 논란들을 다루었다. 딱 봐도 정상적인 사람이 아닌 듯 싶었다. 관련 뉴스가 연속해서 서너 개는 나왔던 것 같다. 그런데 그 후보자에 대한 마지막 뉴스에서 낯익은 얼굴이 등장했다. 반대 시위를 주도하는 역할인 듯 변호사 아저씨가 마이크를 잡고 뭔가를 읽어 가는 모습이 카메라에 잡혔던 것이다. '저 아저씨 유명한 사람인가?' 하는 생각을 하고 있을 때, 난 화들짝 놀라 휴대폰을 놓칠 뻔했다. 변호사 아저씨 뒤쪽엔 피켓을 들고 있는 여러 사람들이 있었는데, 그중엔 분명, 분명 엄마가 있었다. 주변 사람들에 비해 다소 큰 키, 긴 생머리, 평소 옷 스타일, 모든 것이 '저 사람 너희 엄마 맞아'라며 큰 소리로 외치고 있었다. 이해가 되질 않았다. 멀쩡히 다니던 회사를 그만두고 하는 일이 시위대? 변호사 아저씨랑 어울리면서 이상한 물이 들어 버린 건가? 엄마 나이가 몇인데 그 정도 판단도 못 하는 건가? 알 수 없는 분노가 치솟았다. 아들의 병문안을 오는 것보다 저딴 시위 현장에 휩쓸려 나가 있는 게 중요한 것인지……. 분노를 넘어 이젠 엄마가 한심하게 느껴졌다. 금세 다른 이슈의 소식이 전해졌지만, 그때부터 어떤 소리도 들리지 않았다. '엄마'와 '변호사'. 내 머릿속에선 이 두 단어가 엉켜지며 여러 문장을 만들어 냈다.

'변호사 아저씨가 엄마를 이상한 길로 들어서도록 꼬드긴 거야.', '변호사 아저씨와 엄마는 무언가 특별한 사이임이 분명해.'와 같은. 그리고 마지막 문장은, '엄마는 변호사 아저씨 때문에 우리 가족을 버릴 거야.'였다.

정규 뉴스가 끝나고 스포츠 뉴스만 따로 전하는 코너가 있었다. 그 안에서도 거의 막바지에, 우리 학교 축구부 소식이 담겼다. '무명 팀의 반란'이라는 제목이었다. 아니, 우리 팀은 지난 춘계 도대회에서도 우승했는데 무명 팀이라고? 기분이 언짢아졌다. 감독님과 병주의 인터뷰가 있었는데, 병주는 인터뷰 막바지에 '백혈병 투병 중인 김선 선수가 회복할 수 있도록 격려 부탁드립니다'라는 말을 했다.

병주에겐 고마웠지만, 아니 평소라면 눈물이 나올 정도로 감동을 받았겠지만, 지금은 그 감정의 덩치를 불려 줄 여력이 없었다. 자꾸만 화가 났다. 이러다 몸보다 정신에 더 큰 문제가 생길 것만 같았다.

5. 생각지 못한 방문

며칠이 지났는지 날짜 감각이 없어질 정도로, 지루한 무균실 생활의 연속이었다. 감정과 인적이 메마른 드넓은 사막 한가운데 버려진 기분이었다. 엄마는 역시나 뭐가 그리 바쁜지 여전히 날 찾아오지 않았다. 그나마 휴대폰이라도 없었으면 아마 난 진짜 폭발했을지도 모른다. 다행히 며칠 연락이 없던 인식이와 병주도 다시 학교 소식을 전해 주기 시작했다. 학교에서 나를 위한 모금 운동을 시작할 것 같단 이야기, 4강전 상대가 지난 도대회 결승에서 만나 쉽게 승리를 거뒀던 팀으로 결정되어 다들 환호성을 질렀다는 이야기, 이번 달 세계음식 이벤트 메뉴는 프랑스 가정식이었다는 이야기와 주말 내내 정상 훈련 계획이 잡혀 있다는 등 우리 세계에선 나름 굵직한 소식도 있었고, 소소한 소식도 있었다.

'썬. 근데 사람들 병문안 많이 갔냐?'

'그럼 이제 고생해라'라는 문구를 치던 중에 병주가 질문을 던져서, 다시 지우고 답장을 보냈다.

'아니, 거의 없지. 왜? 너 오게?'

'아, 훈련 때문에 시간이 안 나더라고. 거긴 시간 정해져 있다며.'

'응. 그래서 병문안 같은 거 원래 잘 안 와. 나 말고도 다들 그래.'

'그렇군. 그냥 혹시나 해서 물어봤어.'

낌새가 수상하긴 했지만, 그냥 넘어갔다. 병주 말대로 훈련 준비하느라 정신이 없을 테니, 얼른 마무리하는 것이 상책이었다. 그런데 마침, 공동 간병인분께서 나에게 면회 준비를 하라고 일러 주셨다. 병주 이 녀석은 뭔가를 숨기는 데에는 전혀 소질이 없었다.

그런데 예상과는 달리 이번 우주인은 덩치가 매우 작았다. 우주복 사이즈가 몸집에 비해 너무 커서 내게 다가오는 동안 낑낑거리는 게 다 느껴질 정도였다.

"야, 김선."

"저 죄송한데, 마스크 때문에 누군지 알아볼 수가 없어서……."

"나야. 나 김지윤."

"김지……. 반장? 반장 네가 여기까지 어쩐 일이야?"

김지윤이었다. 이 시간에, 김지윤이? 지난 비타민 음료부터 이번 병문안까지. 어안이 벙벙해서 한동안 쳐다보는 것 말고는 할 수 없었다.

"그냥. 뭐 물어보고 싶은 것도 있고. 너 몸 상태도……. 궁금하고."

"근데 너 학교 안 가? 이 시간에 나와도 돼?"

"야, 오늘 토요일이야. 학교는 무슨. 근데, 나 좀 앉으면 안 될까?"

"그, 그래. 여기 의자 있어. 앉아."

김지윤은 의자에 조심스레 앉더니 한동안 병실만 두리번거렸다. 빡빡머리인 내 모습에 적응하지 못하는 것 같기도 했고, 얼음장 같은 분위기를 어떻게든 녹여 보려고 머리를 굴리는 듯도 했다. 난 눕지도, 앉지도 않은 애매한 자세로 마냥 기다렸는데, 가만히 있으니 허리가 아파서 어쩔 수 없이 먼저 말을 꺼냈다.

"저기. 나한테 물어볼 게 있다고 아까……."

"아, 맞다! 잠깐만!"

갑자기 생기가 도는 눈치더니 휴대폰 위에서 손가락을 바삐 움직였다. 뭔가 말할 것들을 메모해 온 눈치였다.

"그게, 일단. 너 아픈 건 어때?"

공부밖에 모르는 애들은 일상적인 대화마저도 저렇게 메모를 해야 가능한 건가 싶었지만, 그래도 찾아와 준 성의를 생각해서 최대한 친절히 답해 주었다.

"많이 좋아졌어. 골수 검사를 했고, 이제 호중구 수치라고……. 그냥 며칠, 길게는 몇 주 입원하면 나아질 수 있어. 아, 완전히 회복되는 건 아니고 퇴원은 할 수 있어. 그러고 거의 열 달? 아님 열두 달? 또 통원 치료도 해야 하고."

김지윤은 생각했던 것보다 내 상태가 심각하게 보였는지 많이 놀라는 눈치였다.

"헐. 1년이나 병원에 다녀야 하는 거야? 너 막 심각하게 아파? 학교는?"

갑자기 김지윤이 아픈 구석을 쿡 하고 찔렀다.

"학교는……. 아마 못 다니겠지."

"미, 미안해."

김지윤은 거의 울먹였다. 아픈 건 난데 왜 여기 와서 얘가 이러는 거지. 오히려 내가 김지윤을 달래야 했다.

"아냐! 어렸을 때도 입원했었는데, 그때보다 심하지 않아서 아마 살 수 있을 거야."

"살 수……. 있다고? 그게 무슨 말이야?"

말실수였다. 김지윤은 본격적으로 눈물을 질질 짜기 시작했다. 아차 싶었지만 이미 늦은 후였다. 그런데 나도 모르게 웃음이 나왔다. 반장의 그간 몰랐던 새로운 면이 보여서였을까.

"아픈 건 난데, 네가 울면 어떡해."

"내가, 좀 이래. 막 감정이 왔다 갔다 하거든. 그래서 학교에선 최대한 냉정한 척하는 거야."

그러더니 김지윤은 묻지도 않은 이야길 털어놓기 시작했다. 집안에서 받고 있는 대입에 대한 압박, 성적을 위해 밤낮없이 공부하는 것에 대한 부담감, 친구 관계의 어려움 따위들.

"난 어젯밤에도 부모님이랑 싸웠어. 아니, 일방적으로 혼났지."

"왜 싸웠, 아니 왜 혼났는데?"

"성적 때문이지 뭐. 요즘 내가 공부에 너무 소홀한 것 같다나 뭐라나."

"네 성적에도 혼난다고? 그게 가능해? 너 부모님 진짜 싫겠다. 만약 네가 내 성적이었으면……. 어휴."

깊이 생각하고 던진 말은 아니었지만, 그래도 어느 정도 동조가 있을 줄 알았다. 김지윤은 내 생각과 달리 강하게 부정했다.

"싫다고? 에이, 싫어할 순 없지. 그래도 부모님인데……."

"아니, 말도 안 되는 걸로 혼내는데 싫어할 수도 있지!"

"아냐. 그래도 무조건 내 편인 사람들인데, 내가 잘해야지 뭐."

갑자기 김지윤이 불쌍하게 느껴졌다. 모든 걸 가지고 있어도 아무것도 자신의 것이 없는 빈털터리처럼 보였다.

"어쨌든 나 솔직히, 네가 정말 부러웠어. 아니, 지금도 부럽기는 마찬가지야."

"내가? 아파서 누워 있는 사람이 왜 부러운데?"

"너 축구 하는 모습 자주 봤어. 네가 경기장에서 뛰어다닐 때 엄청 뭐랄까……. 행복? 뭐 그런 감정이 느껴지더라고. 난 항상 감옥에 갇힌 기분이거든. 그래서 부러웠어. 얘는 원하는 삶을 살고 있구나. 내 삶은 대체 뭘까……."

난 이 이야기에 대해선 제대로 답을 하지 못했다. 많은 장면이 머리를 스쳐 지나갔다. 처음 축구를 시작했을 때, 고등학교 입학 후 인식이와 병주를 만나 환상의 호흡을 자랑하며 우승컵을 들어 올렸을 때, 그리고 얼마 전 전국대회 8강에서 이겼을 때, 전부 다.

"그래서. 난 네가 빨리 학교로 돌아왔으면 해."

"고마워. 뭐 쉽진 않겠지만, 얼른 나으려고 애써 볼게."

"그리고 또 있는데."

"또 뭐?"

"너만 괜찮다면, 학교에서 너를 위한 모금 운동을 해도 될까 해서. 오해하지 마! 내가 갑자기 어떤 동정심이 생겼다거나 그런 건 절대 아니고, 너 입원했다는 말 듣고 난 이후로 계속 생각이 나더라고. 백혈병이면…… 치료비도 많이 들고 그럴 것 같아서……. 나 혼자 무턱대고 이것저것 고민해 봤거든. 그래서 묻고 싶었어. 부담되면 안 해도 돼."

정말 동정심 따위의 마음은 아닌 것 같았다. 그저 고마웠다. 이렇게 찾아왔단 것만으로도 충분히. 그렇지만 부담이 안 될 수는 없었다.

"그건 좀 그렇긴 하다. 사실 나도 몰랐는데, 병원비는 보험회사? 거기서 다 해결되나 봐. 그래서 괜찮을 것 같아. 아! 그럼, 나를 위해서 말고, 백혈병 환우들을 위한 모금? 이런 건 어때?"

"오! 그거 괜찮다. 너 보기보다, 아니 너……. 똑똑하네."

우린 낄낄대며 웃었다. 웃으면서 모금 운동에 대한 이야기를 더 자세히 나누었고, 그렇게 오늘의 면회 시간은 김지윤이 온전히 채워 주었다.

"시간 되면, 또 와도 되지?"

"그래. 얼마든지. 아, 맞다. 너 근데 병주랑은 어떻게 알게 된 거야? 같은 반도 아닌데……."

김지윤은 고개를 치켜들고 천장을 뚫어질 듯 쳐다보더니, 고개를 갸우뚱하며 답했다.

"누구? 못 들어 본 이름인데?"

"응? 전에 너한테 윽박질렀던 애 있잖아. 너 병주랑 얘기해서 찾아온 거 아니었어?"

"걔 이름이 병주야? 근데 난 담임 선생님께 여쭤보고 온 거야. 왜?"

"아, 아냐. 오늘 와 줘서 고마워. 그럼 필요한 거 생기면 연락해."

난 김지윤을 배웅해 주었다. 배웅이라고 해 봤자 병실 문 앞까지였지만. 대신 문 앞에서 우린 서로의 휴대폰 번호를 교환했다. 생각지 못한 김지윤의 병문안은 사막에서 만난 오아시스 같았다. 평범한 일상에선 침대에 눕는 시간이 그러하겠지만, 침대에서 지내는 일상엔 사람과의 만남만큼 달콤한 휴식이 없다. 고마웠다. 그나저나, 병주는 정말 별 뜻 없이 얘기했던 걸까.

김지윤이 다녀간 후 며칠간 비가 내렸다. 장마라도 온 것처럼. 비를 뿜어대는 회색빛 하늘은 무언가 이야기를 전하고 싶어 하는 것만 같았다. 왜 못 알아듣냐는 듯 가끔은 번개를 치며 화를 내기도 했다.

그러는 동안 호중구 수치에 변동이 생겼다. 퇴원 가능성이 열린 것이다. 수치가 정상 수치에 도달하면 퇴원해도 된다. 걱정했던 것보다 회복이 빨랐다. 물론 퇴원이 곧 완치 판정을 의미하는 것은 아니었지만, 분명 희망적이었기에 조금은 들뜰 수 있었다. 그런데 이 소식을 알릴 만한 곳이 떠오르지 않았다. 아버지에게 연락하기엔 지난 10년의 무게가 아직 여전했다. 그렇다고 한창 다음 경기 준비에 여념이 없을 인식이와 병주에게 말을 꺼내는 것도 뭔가 꺼림칙했다. 가장 쉽게 말할 수 있는 사람이 있긴 했지만, 하필이면 그 사람이 마음에는 없었다. 엄마는 여전히 무소식이었고, 빗줄기만 계속해서 쏟아질 뿐이었다.

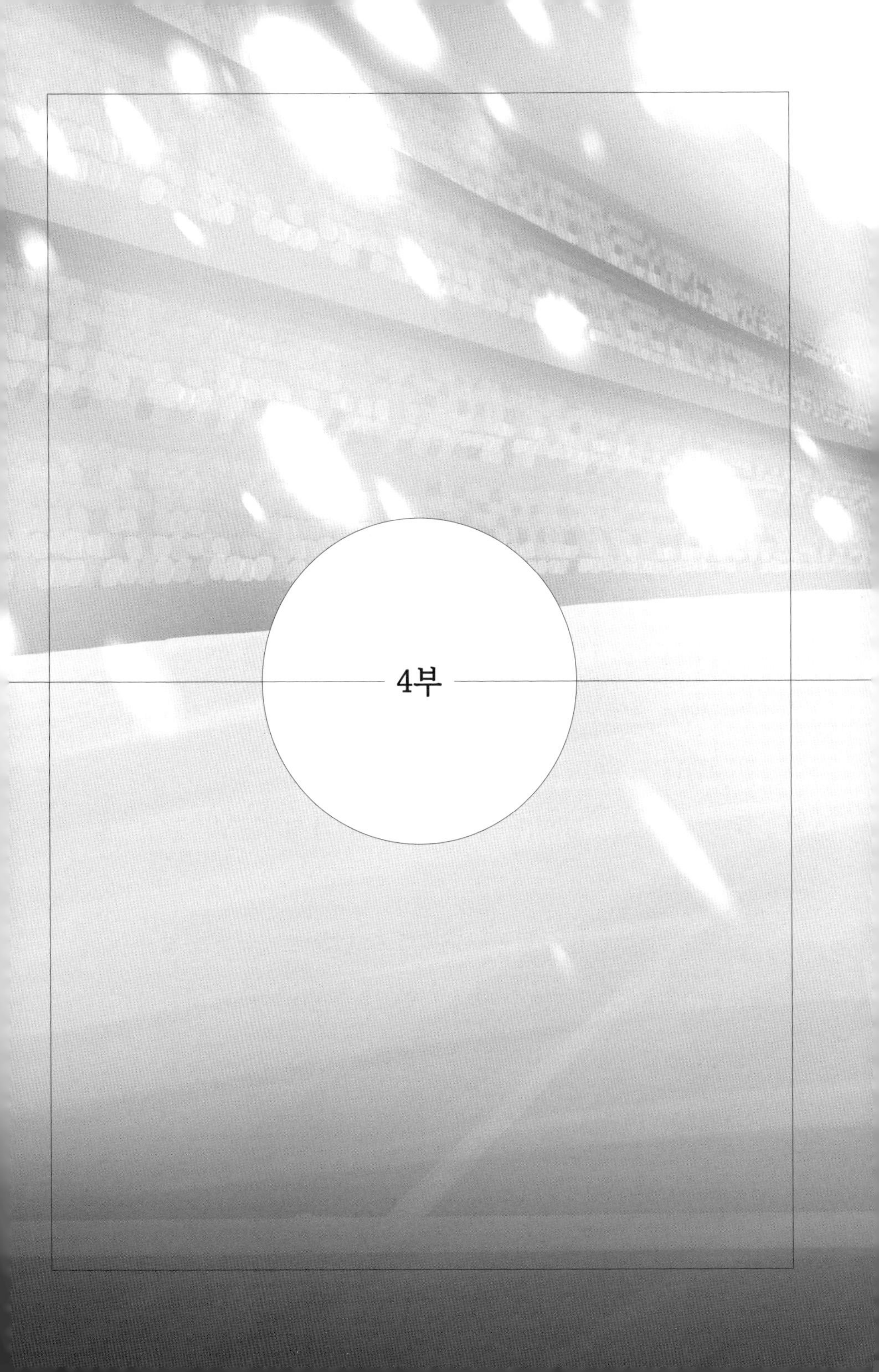

4부

1. 다시 마주한 상대

천하의 요한 크루이프도 늘 성공 가도만 달린 것은 아니었다. 크루이프는 놀랍게도 은퇴 이후 돼지 농장 사업에 막대한 자금을 투자했다. 제대로 된 정보와 경험이 없던 그는 당연한 수순을 밟듯 사기를 당해 재산을 탕진해 버렸다. 사람들은 이런 크루이프에게 비웃음과 비난을 멈추지 않았다.

물론 심적 고통이 막대했을 것이다. 그런데 그는 이 일을 계기로 자신이 걸어가야 할 길에 대해 다시금 돌아보게 되었다. 축구. 그에게 주어진 길은 축구라는 길 하나였음을, 비로소 깨닫게 된 것이다. 크루이프는 말했다. 당시 자신의 행동은 놀랍도록 멍청한 짓이었다고. 단, 이는 축구계로 돌아가기 위한 운명적인 사건이었다고.

운명이란, 인간의 힘으론 어찌할 수 없는 초자연적인 힘이다. 인간은 이를 거스를 수 없다. 다만, 그 운명이 지나간 자리에서 새로운 운명을 개척해 나갈 수는 있다.

드디어 퇴원 날짜가 잡혔다. 한 달 반에서 두 달 정도 입원하는 것이 보통이지만, 나는 증상이 빠르게 호전되어 그보다 빨리 퇴원할 수 있게 되었다. 참 '역설적'이었다. 빠른 회복은 반가워야 하는데, 무언가 허탈한 기분을 지울 수가 없었다. 나는 왜 내가 곧 죽을 거라고만 생각했을까. 죽음을 준비하고 있었는데 마치 계획이 흐트러진 사람처럼, 심지어 아쉬움을 느끼기도 했다. 비련의 주인공이라도 되고 싶었던 건지.

여하튼 길고 긴 무균실 생활에서 벗어난다는 것만큼은 당연히 반가운 소식이었다. 하지만 몸에 달고 있던 히크만 카테터 제거, 외래 진료와 골수 검사 일정 조정 등 까다롭게 처리할 일이 정말 많았다. 내 선에서 하기 힘든 행정적인 절차들도 꽤 있었다. 퇴원 소식에 그제야 얼굴을 비춘 엄마는 퇴원 후엔 본격적으로 집에서 나를 돌보기 위해 그간 부지런히 일해 놓았다고 변명했다. 그래서 병원에 들를 겨를이 없었다면서. 그래, 솔직히 어느 정도 이해할 수 있는 말이긴 했다. 면역력이 아예 사라진 상태이기 때문에 퇴원 후엔 혼자서 무언가를 해내기가 힘든 상황이 된다. 갑자기 통증이 심해져서 병원에 실려 갈 수도 있고. 자식의 항암 치료를 겪어 본 경험자였던 엄마는 내가 무균실에서 회복하는 동안 시위대로 활동도 하고, 뉴스에도 출연했다. 바빴을 거다. 내가 텔레비전에서 엄마의 모습을 확인했다는 사실은 모르는 눈치였다. 아니, 말을 안 했으니 당연히 모를 것이다. 난 그간 엄마가 날 찾아오지 않았다는 사실이 이성적으로는 이해가 되었지만, 자꾸만 울컥하는 마음을 제어할 수 없었다. 더구나 변호사 아저씨랑 계속 붙어 다녔을 모습을 떠올리니 엄마랑은 절대 말을 섞고 싶지 않았다.

엄마는 음식 제한에서 벗어난 나를 위해 식단을 짜느라 정신이 없었다. 여기저기에서 내 회복에 좋을 만한 음식들을 알아보는 것에 하루를 몽땅 썼다. 그렇지만 엄마의 노력이 무색하게도, 난 식사 자체를 잘하지 못했다. 소화가 되지 않았다. 먹다가 화장실로 뛰어가서 게워 내기 일쑤였다. 삼시 세끼가 찾아오는 것이 두려울 정도로 힘든 시간이었지만, 먹어야 했다. 내 몸에 에너지원을 만들어 내야만 이 긴 싸움의 승자가 될 수 있을 테니까.

퇴원했다고 온전한 정상인의 삶을 사는 것은 아니었지만, 자유로운 외출이 가능하다는 점은 좋았다. 담당 의사 선생님도 체력 회복이 필요하니 산책을 자주 하라고 권했다. 그래서 난 훈련이 끝나는 시간에 맞춰 인식이와 병주를 만나러 갔다. 둘은 대회 이틀 전임에도 빗속을 뚫고 나를 만나러 와 주었다. 이렇게 오래 못 본 것은 거의 처음이었다. 우린 아이스크림 가게에서 만나 회포 아닌 회포를 풀었다. 이 시간은 무엇보다 문자 메시지의 버퍼링이 없어 좋았다.

“아따, 뭔 놈의 비가 이리 마이 오노? 하늘에 빵꾸 뚫릿나.”

“근데 너희 이렇게 나와도 되냐? 감독님이 뭐라 안 해?”

“그기는 신경 안 써도 된다. 그건 됐고, 김지윤? 가가 니를 찾아갔다고? 와, 억쑤로 신기하네.”

김지윤의 병문안에 대한 감흥보다는 아이스크림의 감동을 더 크게 느끼는 듯한 인식이와 달리, 병주는 한껏 기분이 상해 있었다.

“근데 걔는 나를 왜 몰라? 기분이 확 나쁘네. 나 윤병주야. 자기네 학교 축구팀 주장 이름도 모르는 게 말이 되냐?”

“니 얼굴이 어데 기억하고 싶은 얼굴이가? 내라도 모르겠다!”

“아니, 내 얼굴이 그 정도로 별로야? 야, 썬! 네가 말해 봐. 나 어떤데?”

당황해하는 병주의 반응에 웃느라 배가 아플 지경이었다. 한

참 웃다가, 마침 떠오른 이야기를 꺼냈다.

"병주! 너 그때 병문안 얘기 왜 한 거야? 나는 네가 김지윤을 보낸 줄 알았거든."

인식이와 병주가 눈빛으로 메시지를 교환하는 것 같았다. 병주는 잠시 시계를 살펴보더니 말했다.

"아직 10분 남긴 했는데, 아마 곧 올 거야."

"10분? 누가 오는데? 김지윤 또 와?"

"기달려 봐라. 고마 쫌만 있으면 온다 안 하나."

인식이의 말이 끝나자마자 가게 문이 열리고 익숙하진 않지만 그렇다고 낯설지도 않은 사람이 들어왔다. 동시에 인식이와 병주가 자리에서 일어났다.

"그럼, 얘기 나누세요. 우린 일어날게요."

윤현석 선생님의 아들, 그러니까 윤철중이었다. 갑작스런 만남에 당황스러웠지만, 금방 상황 파악이 되었다. 나의 패배를 안타까워한 친구들의 우정 어린 선물이었다. 인식이와 병주는 나 모르게 2차전을 준비하고 있었다. 아니, 2차전이라기보단 재경기라고 해야 하나? 첫 만남은 상대를 제대로 파악하지 못한 채 맞붙은 경기였으니.

"많이 아프다고 들었어. 좀, 좋아졌어?"

"계속 치료받고 있고 뭐, 그래. 그런데 갑자기 어떻게……."

"그날 네 친구들이 급하게 날 따라왔어. 그래서 상황도 설명해 주고, 또 왜 우리 아버질 찾았는지도……. 얘기 다 들었어."

지독한 패배감이 밀려왔던 그 날 인식이와 병주는 날 쫓아오는 대신 이 녀석의 뒤를 밟았고, 결국 모든 사실을 털어놓은 것이다. 모든 상황이 머릿속에 그려졌다.

"그건 그런데……. 뭐 더 할 얘기라도 있는 거야? 난 사실 선생님이 돌아가셨다는데 더 나눌 얘기가 없더라고."

"사, 사과하려고."

사과. 무언가 잘못했을 때 그 잘못을 인정하고 용서를 비는 행위를 사과라고 한다. 그런데 내 앞에 앉아 있는 철중이는 내게 잘못한 것이 없다. 도대체 뭘 사과하고 싶은 걸까.

"우리 아버지, 교사 생활하면서 좋지 못한 행동 많이 하신 거 알아. 고작 내 스펙 때문에 비리도 많이 저지르시고……. 널 만나고 나서 우리 어머니한테 네 사연을 들었어. 아마 홧김에 그러셨던 것 같아. 경제 사정이 많이 안 좋기도 했고. 우리 집 형제가 나까지 넷이거든. 내가 맏이고……. 밑에 동생들 태어나면서 상황이 참 팍팍했어.”

개인사까지 들먹이며 하고 싶은 이야기가 무엇일지 사실 짐작은 되었지만, 난 묵묵히 듣고, 또 들었다.

“너도 지금 아프지만, 우리 막내가 태어나서부터 몸이 참 약했어. 병원비에, 약값에, 돈 들 일이 많았지. 그때부터였던 것 같아. 아버지가 옳지 않은 일도 스스럼없이 하던 게……. 나한테 항상 성공해야 한다고 당부하곤 하셨어. 그래야, 동생들 잘 건사할 수 있을 거라고.”

그 이후에도 자신의 아버지이자, 내 어린 시절 가장 큰 충격을 선사했던 복수의 대상을 위해 녀석은 장황한 변명을 늘어놓았고, 그건 꽤 그럴듯했다. 화는 나지만 이해는 되는 뭐 그런…….

“옳지 않은 일인 것 알아. 그렇지만, 가장으로서 어쩔 수 없는 선택이었다고 말해 주고 싶었어. 아버지의 잘못, 사실 우리 자식들에겐 혜택 아닌 혜택이었거든. 나만 해도 학교 다니는 내내 좋은 성적 유지할 수 있었고, 이번에 대학도 합격했어. 아버지 덕분에 형제가 다 잘 클 수 있었지. 우리에겐 분명 자랑스런 아버지이셔. 더 큰 잘못을 하셨어도, 변함없는 사실이지. 그래서 자식된 도리로, 아버지 대신 아버지의 잘못을 갚고 싶어. 진심으로 사과도 하고, 또 필요하다면 이번에 받은 장학금을 병원비로 보태 주고도 싶고.”

“그렇다고 네가 사과할 일은 아닌 것 같은데……. 병원비도 아마 보험료로 다 해결될 거야. 정 도와주고 싶으시면 백혈병 환우 돕기 같은 거 찾아서 기부나 해 줘.”

“그걸 원하면, 그렇게 할게.”

녀석의 말을 들으면서 자꾸만 궁금증이 생겼다. 단도직입적으로 물었다.

“그런데, 궁금한 게 있어. 왜 이렇게까지 하는 거야? 그냥 무시하고 넘어가도 되지 않아? 어차피 돌아가셨다면서.”

“글쎄. 정확하게 이렇다 저렇다 표현하기는 어려운데, 가족이라서…… 그런 것 아닐까? 아버지가 빚을 남기고 가셨으니까…….”

첫 만남 때처럼 그리 길지 않은 대화를 더 나누고, 윤현석 선생님의 아들, 윤철중은 자리에서 일어났다. 나갈 때는 심지어 90도로 내게 인사를 했다. 밖에서 몰래 엿보고 있던 인식이와 병주가 쏜살같이 가게 안으로 들어왔다.

“썬! 뭐래? 잘못했대? 미안하대?”

"뭐라 카드나? 쪽팔려 안 하나?"

시나리오가 짜여 있었다면 낄낄거리면서 이 둘에게 헤드록을 걸고 욕을 퍼부어주는 내용이 이어졌어야 맞겠지만, 난 그저 고개를 설레설레 흔드는 것밖에 하지 못했다. 그리고 말했다.

"나 또 졌어. 재가 이겼어."

2. 결승의 문턱에서

이틀 뒤, 엄마와 함께 4강전 경기를 보러 갔다. 축구를 보러 간다는 것만으로도 충분히 설레는 하루였는데, 심지어 날씨까지 화창했다. 며칠간 쏟아지던 빗줄기는 흔적조차 찾아볼 수 없었다. '화는 나지만 이해가 되는 것'과 '화는 안 나지만 이해도 안 되는 것'이 어떤 차이인지, 답을 찾느라 고생한 전날 밤의 피로가 싹 씻겼다. 털모자에 마스크까지 쓰고 철벽 무장을 한 채 찾은 경기장은 열기가 뜨거웠다. 지난 8강전은 비교도 안 될 정도였다. 선수가 아닌 관중으로 찾은 경기장은 무척 어색하고 낯설었다. 그라운드 위에 있을 땐 바다 위에 둥둥 떠 있는 기분이었는데, 위에서 내려다보는 푸른 물결은 자그마한 호수 정도로 작게 느껴졌다. 그 위에는 두 가지 색으로 나뉜 물고기들이 거친 헤엄을 치기 위한 준비를 하고 있었다. 엄마와 내가 자리 잡은 곳은 우리 팀 벤치 뒤쪽이었고, 난 경기 직전 잠시 내려가 팀원들에게 응원의 메시지를 전했다.

인식이와 병주는 역시나 긴장한 눈치였는데, 나머지 팀원들은 모두 자신감이 넘쳐 보였다. 아무래도 한 번 경험해 본 상대였기에 충분히 이길 수 있다고 생각한 듯 보였다. 특히 상대 팀엔 지난 8강전 상대였던 이루리 같은 에이스가 없었다. 이미 결승에 도달한 것 같은 분위기였다. 시작 전엔 이 자신감이 독이 될 것이라 아무도 생각지 못했을 것이다.

인식이의 선축으로 시작된 경기에서 우리 팀은 한동안 일방적인 공세를 펼쳤다. 상대는 오른쪽 윙어(공격수)인 규원이의 황소 같은 우직한 돌파를 막아 내지 못했다. 규원이는 평소엔 오른쪽 터치 라인을 따라 상대 진영까지 올라간 후 곧바로 크로스를 올리곤 했는데, 오늘은 이상하게 마무리할 때 꼭 중앙으로 치고 들어오는 경향을 보였다. 아마도 슈팅에 대한, 골에 대한 욕심을 가지고 있는 것 같았다. 인식이는 그런 규원이에게 짜증 섞인 반응을 내비쳤다. 그럴만했다. 인식이는 전반 내내 공을 제대로 터치한 적이 없었으니까. 허무하게 날리는 기회는 계속해서 늘어갔고, 하다 못한 인식이는 규원이에게 직접 다가가 화를 내기까지 했다. 인식이의 짜증이 늘어나자 규원이도 더는 참지 않았다. 손으로 인식이를 밀쳐 버린 것이다. 주심은 물론 병주와 감독님까지 뛰어가 둘을 달래고 나서야 경기가 재개될 수 있었다.

공격 일변도인 경기임에도 왠지 모를 불안감이 엄습했다. 최후방 수비수인 병주조차 내내 하프 라인 위로 올라가 있을 정도로 상대는 잔뜩 웅크리고 있었는데, 다 이유가 있었다. 상대는 완벽한 한 방을 계획하고 있었다. 코너킥 찬스에서 상대 수비가 걷어 낸 공을 영찬이가 받았다. 병주는 '다시 사이드!'라고 영찬이에게 외쳤지만, 영찬이는 지난 경기의 여운이 남아 있었는지 곧바로 슈팅을 시도했다. 하지만 상대는 지난 8강 경기를 면밀히 분석한 게 분명했다. 코너킥에서 영찬이의 움직임을 세밀히 관찰하고 있던 상대 선수는 영찬이가 슈팅을 하기 전 달려들어 공을 가로챘고 전반 종료 2분 전에 드디어, 처음으로 확실한 공격 기회를 맞이했다. 이건 곧 우리에겐 엄청난 위기라는 의미였다.

관중석에서 경기장을 내려다보고 있던 난 놀라고 말았다. 역습 상황에서 골키퍼를 제외한 상대 선수 전원이 동시에 달려가고 있었다. 상대의 팀워크는 한눈에 봐도 완벽했고, 괜히 4강에 진출한 팀이 아니란 걸 확신하게 했다. 몸싸움에 능하고 키가 큰 병주는 당연히 코너킥 기회를 살리기 위해 골문 앞에 나가 있었으니, 우리 팀 수비수는 양쪽 윙백 두 명에 불과했다. 나머지 팀원들이 뒤늦게 쫓아갔지만, 상대 공격수와 미드필더들은 이미 하프라인을 넘은 상황이었다. 5 대 2 찬스. 우리 팀 수비수들은 어떻게든 이를 막아 보려 안간힘을 썼지만, 숫자에서 월등히 밀리는 상황을 해결하기엔 역부족이었다. 달리는 방향으로 정확히 밀어주는 패스에 순식간에 오합지졸이 되어 버렸고, 결국 상대는 단 한 번 찾아온 기회를 놓치지 않았으며 우리 팀은 전반 종료 직전 실점을 헌납하고 말았다.

하프 타임, 라커룸으로 들어가는 팀원들의 얼굴엔 하나같이 까만 그늘이 져 있었다. 전반전 슈팅 개수가 12 대 1로 우세했지만, 성과는 없었다. 아마 점유율도 계산했으면 거의 8 대 2 정도의 차이가 났을 거다. 다 의미 없는 수치였다. 축구 경기에서 가장 중요한 수치는 결국 스코어뿐이니까. 모든 면에서 앞서 봤자

승패를 가르는 건 다른 게 아니다. 역전을 위해선 골, 골이 필요했다.

관중석에서 경기를 바라보는 일은 무척 고통스러웠다. 난 더는 바다 위에서 뛰어놀 수 있는 물고기가 아니었으니까. 세상이란 이름의 어부에게 낚여 버린, 생선 한 마리에 불과했다. 내가 아무리 바르작거려 봤자 내가 있는 곳은 절대 그라운드 위가 될 수 없다는 생각이 들어 경기가 이어질수록 괴로움은 부풀어 갔다.

후반 초반은 여전히 우리 팀의 공격 일변도였다. 다만 공을 받지 못해 답답했던 인식이가 직접 중원까지 내려와 공을 받으려 했는데, 그게 문제였다. 중원에서 선수들끼리 동선이 겹쳤고, 앞으로 전개가 되질 않았다. 결국, 후반전 중반이 되면서 주도권이 완전 넘어가 버리고 말았다. 하프 타임 감독님의 멋진 멘트도 통하지 않는 답답한 상황이었다. 벤치에선 감독님과 코치님들이 긴급히 모였다. 상황을 타개할 묘수가 필요했고, 선수 교체를 하려는 모양이었다. 미드필더 한 명을 빼고, 공격수를 투입할 게 뻔했다. 역전을 위해선 어떻게든 득점을 해야 했기 때문이다. 더군다나 선수들의 분위기가 좋지 않았다. 다들 경기가 안 풀리자

무리한 움직임을 가져가기도 했고, 또 거친 플레이를 해서 위험 지역에서 프리킥을 헌납하기도 했다. 선수 교체가 필수적인 상황이었다.

준비가 끝나고, 교체할 선수가 투입을 기다리고 있었다. 그때, 주심의 휘슬 소리가 다급하게 울렸다. 규원이었다. 전반 내내 막혔던 자신의 플레이를 만회하기 위해 계속해서 무리한 돌파를 감행했던 규원이는, 또다시 상대 수비에게 공이 끊기자 무리한 태클을 해 버렸다. 공을 되찾기 위한 움직임이었지만 태클은 공이 아닌, 상대 종아리로 향해 버렸다. 아니라고 우기기엔 관중석에서도 명백하게 보였다. 퇴장이었다.

교체는 이뤄지지 않았다. 상대보다 한 명이 부족한 상황에서 공수의 균형을 잡기가 쉬운 일이 아니어서, 공격수를 투입하는 건 무리였다. 반면 확실히 승기를 굳히기 위해 상대는 공을 소유했음에도 돌파를 시도하지 않았다. 수비수들끼리 공을 돌리며 최대한 시간을 끌었다. 그렇다고 우리 팀은 전방부터 압박을 감행할 수 없었다. 빈틈이 생기면 언제든 실점의 위기가 찾아올 수 있을 테니까. 남은 시간, 경기는 지루하게 흘러갔다. 물론 그 지루함이 우리에겐 초조함으로, 상대에겐 여유로 느껴졌을 것이다.

여울고등학교 응원단의 분위기는 초상집 그 자체였다. 다들 패배를 직감한 것 같았다.

경기 종료 5분을 남기고, 어쩔 수 없이 원래 작전대로 미드필더 한 명 대신 공격수가 투입되었다. 지면 끝인 경기에서 아무것도 하지 않고 시간만 흘려보낼 순 없었으니, 이는 당연한 선택이었다. 기회가 적어도, 최소한 한 번은 오지 않을까. 병주는 계속해서 최대한 길게 공을 전방으로 투입했는데, 다행히 효과가 있었다. 인식이는 병주의 킥이 도달하는 지점을 잘 찾아냈고, 헤딩으로 세컨드 볼을 노리는 전략은 조금씩 먹혀들었다. 이에 대처하기 위해 상대도 급하게 공격수 대신 수비수를 투입했다. 넣느냐, 막느냐의 기로에 놓인 양팀의 극단적인 5분이 진행되었다.

전원 수비로 전환한 상대 진영엔 빈틈이 없었다. 인식이가 아무리 헤딩으로 공을 따내더라도 마지막 슈팅까지 이어지기가 힘들었고, 상대는 공을 잡으면 무조건 멀리 걷어내 버렸다. 걷어낸 공을 다시 병주가 받고, 병주가 공을 올려 주고, 이걸 인식이가 헤딩으로 따내고, 그렇지만 상대는 공을 걷어 내고. 경기 종료 1분 전까지 몇 번이고 똑같은 상황이 계속 반복되었다. 관중석과 벤치, 경기장 안의 모든 시선이 오직 공만을 쫓고 있었다.

또다시 상대 수비가 걷어 낸 공이 병주에게 향했다. 이제 정말 마지막일지 모를 상황에서, 병주도 다급한 상황임을 직감하고 있었던 것 같다. 공을 받기도 전에 인식이의 머리를 찾고 있었는데, 그때였다. 상대 공격수 한 명이 병주에게 달려들었다. 병주는 오직 공을 올려 준다는 생각만 가지고 있는 게 분명했다. 주변을 잘 살피지 못했다. 병주가 공을 터치하자마자 달려든 상대 선수는 손쉽게 공을 가로채 버렸고, 수비가 없는 망망대해인 우리 진영을 그대로 돌파했다. 못 넣는 게 더 이상한 상황에서 상대 공격수는 여유 있게 골키퍼까지 재친 후, 득점을 성공시켰다. 0 대 2. 경기는 그대로 끝났다. 우리의 패배였다. 상대 팀 선수들은 그라운드 위에서 얼싸안고 환호성을 질렀고, 우리 팀 선수들은 죄다 그 자리에 주저앉아 버렸다. 병주는 머리를 감싸 쥔 채 울음을 터뜨렸다. 나도 경기장에 내려가 병주를 위로해 줬지만, 위로의 마음보단 자책감이 컸다. 아무것도 도와주지 못한 내가 한심하게 여겨질 정도로.

3. 어디에나 있어

돌아오는 길에 엄마는 식당을 예약해 뒀다며 저녁을 먹고 가자고 했다. 난 심신이 지쳐 그냥 집에 갔으면 했지만, 엄마가 그토록 사정하는 건 처음 봐서 어쩔 수 없이 허락했다. 경기가 끝나자마자 잠시 잊었던 엄마에 대한 불편함이 새록새록 피어올랐는데, 저녁까지 밖에서 해결한다고 하니 여간 신경 쓰이는 게 아니었다.

"엄마, 근데 아무 데나 가서 먹으면 되지 뭘 예약까지 했어?"

"그게……. 사실 오늘 이겼으면 선이 마음도 편해질 것 같아서, 기분 좀 내 보려고 했지."

엄마가 날 데리고 간 곳은 기분을 어떻게, 얼마나 내려고 이런 곳에 올 생각이 들지 궁금하게 만들 만한, 으리으리한 일식집이었다. 가게 앞 거대한 수족관엔 물고기와 생선의 경계에 놓인 이름 모를 녀석들이 바글거렸다.

"엄마, 여기 맞아? 엄청 비싸 보이는데?"

"맞아. 저기 정면에 보이는 방이야."

"엄마, 나 화장실 좀 갔다 갈게."

걱정이었다. 안 그래도 소화가 잘 안 되는데, 이런 집에서 식사를 하면 도중에 음식이 얹혀 버릴지도 모르겠단 걱정이 들었다. 요즘 내가 엄마에게 소원했다는 걸 눈치챈 게 아닐까? 마음 터놓고 사과라도 하려나 보다 싶었다. 엄마만의 화해를 위한 방식일까 싶어 조금은 기대가 되기도 했다. 무슨 말을 할지 들어나 보자는 심정이었다.

손을 씻기 위해 세면대 앞으로 가서 자연스레 거울을 봤다. 다 빠져 버린 머리털과 비쩍 말라 버린 몸은 소금에 절인 매대 위 생선처럼 느껴졌다. 갑자기 너무 우울해졌다. 열아홉 살. 나와 같은 나이인 애들은 요즘 학교에서 수업을 듣고 있겠지. 하기 싫은 공부에 억지로 억지로 매달리고 있을 것이다. 그래야, 스무 살 화려한 인생이 펼쳐질 수 있으니까. 우리 팀원들도 내일이면 다시 훈련에 매진할 것이다. 프로에도 진출하고, 대학에 스카우트도 되어야 하니까. 난 그들이 그들의 스무 살을 준비해 나가는 열아홉 인생을 백혈병 환자라는 이름으로 살아 내고 있었다. 아니, 내 삶은 저절로 살아질 뿐 목적과 의미가 느껴지지 않았다. 이렇게 살아지다가, 세상에서 사라지는 건 아닐까. 어디선가 비린내가 나는 듯했다.

엄마가 말했던 방을 찾아갔는데, 문을 열자마자 다시 닫아 버릴 뻔했다. 어처구니가 없었달까. 엄마만 있어야 할 그 공간에, 변호사 아저씨가 함께 앉아 있었다. 이미 둘 사이에 약속이 되어 있던 게 분명했다. 순간 너무 흥분해 버렸다. '그래, 한판 붙어 보자'라는 마음마저 들었다.

"선아, 우리 구면이지? 잘 지냈니?"

신기했다. 사람이 싫으니까 저 '구면'이라는 단어도 꼴사납게 느껴졌다. '전에 만났었지?'라든가, '오랜만이네'라는 말을 쓰면 되는 것 아닌가? 괜히 똑똑해 보이려고 하는 것 같았다. 난 굳이 대꾸하지 않았고 대신 엄마에게 물었다.

"엄마, 저 아저씨가 여기 왜 있는 거야?"

"선아. 네가 왜 그랬는지 모르겠는데, 전에 아저씨가 학교 갔을 때 선이가 뭔가 오해를 하는 것 같다고 하시더라고. 그래서 아저씨가 직접 자리를 마련하신 거야."

"오해? 무슨 오해?"

"엄마는 선이가 왜 아저씨를 보자마자 화를 냈는지, 그게 궁금해서 물어보고 싶었어. 아저씨가……."

난 맘속 깊이 숨어 있던 화살을 꺼내 엄마에게 집어던졌다.

"엄마, 저 아저씨 엄마 남자친구야?"

"선아!"

엄마와 아저씨는 둘 다 얼굴이 시뻘게졌다. 놀란 눈치였다. 난 이미 제어가 불가능한 상어가 되어 이들을 물어뜯기로 작정한 상태였다.

"엄마, 저 아저씨랑 요즘 맨날 붙어 다니지? 식당에서 나오는 거 봤어. 엄마 뉴스에 나온 건 알아? 이상한 데 가서 시위 같은 건 왜 하는 거야? 그게 내 병문안 오는 것보다 중요했어? 엄마, 도대체 요즘 뭐 하고 살아? 저 아저씨랑 붙어먹고 이제 혹시 날 버릴 계획이라도 하는 것 아냐? 그래, 다 필요 없어. 다 필요 없으니까 제발 사라져! 사라지라고!"

난 온몸의 기운을 모아 소리를 질렀다. 그리고, 그다음은 기억이 나질 않는다. 그 자리에 쓰러져 버렸다. 기억의 끝자락에서 아마도 난 '집에 가고 싶어'라고 말했던 것 같다.

다시 희미하게 정신을 차렸을 땐 밤새 고열에 시달리고 있었다. 37, 38도를 오르락내리락하더니 금세 40도를 찍었다. 원래 척수 검사를 하면 나타나는 흔한 부작용이긴 하지만, 계속해서 열이 오르자 더는 두고 볼 수 없던 엄마는 결국 119에 전화했고, 부리나케 짐을 챙겼다. 언제 돌아올 수 있을지 모를 불확실한 여정이 될 것임을, 엄마는 알았던 걸까.

열이 오를 대로 오르면서 극심한 통증까지 동반되었다. 누군가가 세상에서 가장 뾰족한 바늘로 머리를 쉴 새 없이 찌르는 듯한 고통. 나는 구급차 안에서도 계속 소리를 질렀다. 그리고 얼마 뒤, 희미했던 정신마저도 아예 사라졌다. 마지막 장면엔 분명 내 목구멍에서 튀어나온 비명 소리가 가득했다.

얼마나 지났을까, 긴 잠에서 깨어나듯 눈을 떴을 때 주변은 온통 어둠뿐이었다. 아니, 정확히는 까만 안개가 자오록하게 깔려 있는 듯 시야가 흐렸다. 눈을 껌뻑이며 어둠에 적응하려 했지만 아무것도 바뀌는 것은 없었다. 그런데 뭔가 이상했다. 몸이 너무 멀쩡했다. 그리고 내가 입고 있는 옷은 환자복이 아니었다. 그건, FC바르셀로나 유니폼이었다. FC바르셀로나는 1899년 창단 이후 106년간 유니폼에 상업적 광고를 붙이지 않았다. 오직 붉은색과 푸른색이 세로로 교차되고 왼쪽 가슴엔 로고가 박혀 있는 심플하면서도 강렬한 바르샤 유니폼을, 내가 입고 있었다. 꿈을

꾸고 있는 것인지, 꿈에서 깨어나 현실로 온 것인지 헷갈릴 정도로, 모든 것이 점점 선명해져 갔다.

하지만 유니폼에 감탄하는 순간은 그리 오래가지 못했다. 흐린 시야가 분명해지고 인식이의 뒷모습이 보였다. 같은 유니폼을 입은 인식이는 최전방 공격수답게 적진 골대를 향해 서 있었다. 인식이를 부르려다가 혹시나 해서 뒤를 돌아보았더니 역시나, 병주가 있었다. 병주 옆엔 영찬이도 함께 서 있었는데, 이상하게 둘은 전방이 아닌 우리 편 골대 쪽을 향해 서 있었다. 왜 등을 보이고 서 있는 것인지 묻고 싶었지만, 벌어진 입에선 아무런 소리가 나질 않았다. 그 둘을 뚫어지게 바라보다가, 저 멀리 골대 앞에 서 있는 한 사람을 발견했다. 감독님의 뒷모습이었다. 감독님이 왜? 그뿐만이 아니었다. 센터백 자리에 서 있는 병주와 영찬이 양옆엔 마치 윙백 역할을 맡은 듯 담임 선생님과 김지윤이 관중석을 향해 서 있었고, 그 앞 양쪽 윙어 자리엔 변호사 아저씨와 의사 아저씨가 역시나 내게 등을 보인 채 자리하고 있었다. 어안이 벙벙한 채로 멍하니 서 있을 수밖에 없었다. 소리가 들리거나 그 박동이 느껴진 것도 아니지만, 심장이 터질 듯 긴장감이 넘쳐흘렀다.

얼마나 지났을까, 다시 인식이가 있는 쪽을 향해 고개를 돌렸을 때, 난 그 자리에 주저앉아 버렸다. 아버지, 그리고 엄마. 두 분은 내 앞을 막아서기라도 하듯 인식이의 뒷공간을 완벽히 커버하는 위치에 서 있었다. 그리고 두 분 역시 내겐 뒷모습만을 보여주었다.

난 누굴 먼저 불러야 할지 망설였다. 당연히 엄마를 부르고 싶었지만, 엄마에게 소리 질러 버렸던 후회의 기억이 목청의 소리를 머뭇거리게 만들었다. 그렇다고 아직 어색한 아버지를 부를 수도 없었고, 인식이와 병주를 부르는 건 뭔가 그들의 발목을 잡는 것 같은 망설임이 따라왔다. 누구도, 쉽사리, 불러낼 수가, 없었다. 주저앉은 채로, 그냥 그라운드만 바라보고 있을 수밖엔 없었다.

그때였다. 또각또각 발걸음을 옮기는 소리가 터널 속에 있는 것처럼 가득 울려 퍼졌다. 모두들 내게서 한 발짝씩 멀어져 갔다. 그러고 나서 그들은 하나의 점이 되는가 싶더니 금세 사라졌다. 대신 센터 서클에서 한 남성의 실루엣이 희미하게 드러났고, 갑자기 그는 내게 축구공을 패스해 주었다. 'LFP'라는 심벌이 새겨진, 프리메라리가의 공인구였다.

"바르셀로나 팬이니?"

'제가 죽었나요? 여기가 어디죠?' 따위의 허접한 질문은 하지 않았지만, 그렇다고 당황스러움을 감출 순 없었다.

"다들 어, 어디 간 거죠?"

"이제야 말을 하는구나. 넌 늘 그랬지. 다시 묻지. 바르셀로나 팬이니?"

"아뇨. 딱히 좋아하는 팀은 없어요. 굳이 고르자면 바르샤보단 뉴캐슬이 더 나은 편이죠. 바르샤는 요한 크루이프 때문에, 그래서 조금 관심이 있을 뿐이에요."

정체 모를 이의 의도를 알 수 없는 이야기에도 난 술술 대답하고 있었다. 보이지 않았지만, 그의 시선은 날 안쓰럽게 여기는 듯했다.

"저기……."

"다들 어디 갔냐고? 네가 부르지 않았잖아. 인제 와서 찾을 이유가 있을까? 다른 질문을 해 보지. 넌 왜 축구를 하는 거지?"

또다시 그의 질문이 던져졌지만, 난 그 의도를 알고자 하지 않았다. 그냥 그가 원하는 답을 해 줄 뿐이었다.

"왜 하냐고요? 글쎄요. 딱히 고민해 본 적은 없어요. 그리고 이젠 축구가 당연히 해야만 하는 그런 존재가 된 것 같아요. 이유가 없어도 해야 하는."

"그렇지. 그런 순간이 오곤 하지. 너의 역할은?"

분명 축구에 대해 잘 아는 사람이 분명했다. 대화가 쉽게 풀려 가는 느낌에, 쉽게 이야기를 주고받을 수 있었다.

"전 패스를 받아서 패스를 넘기는 역할을 해요. 미드필더."

"정말 중요한 역할을 맡고 있구나. 플레이 메이커라니."

"뭐, 그런 셈이죠."

다시 공을 패스해 달라는 손짓을 보고 난 정확히 그의 발밑에 공을 보냈다. 부드러운 터치로 공을 세운 뒤 그가 다시 내게 물었다.

"플레이 메이커에게 가장 중요한 게 뭐일 것 같니?"

"글쎄요. 시야? 개인기? 아니면 패스 기술?"

몇 번 트래핑 기술을 선보인 그는 다시 내게 공을 밀어주었고, 질세라 나 역시 자연스러운 발기술을 선보였다. 짧은 감탄사와 함께 그는 답을 말해 주었다.

"그런 것도 필요하겠지만 무엇보다 중요한 건, 지는 거다."

"진다고요? 왜 져야 하죠?"

"이기기 위해서지. 아, 물론 여기서 진다는 건 경기에서 패배하라는 말이 아냐. 상대 팀이 아니라, 우리 팀에게 질 수 있어야 한다는 거지."

의아한 답이었다. 시선은 그대로 공에 두면서 다시 한번 그에게 물었다.

"같은 편끼리 싸워야 하나요? 진다는 게 무슨 말이죠?"

"믿을 수 있는 사람이 되는 거다. 내 패스를 받아줄 것이라고, 내게 패스를 건네줄 것이라고, 우선은 믿게 하는 게 먼저인 거지. 그렇지 않으면 경기는 100% 질 수밖에 없어."

그의 답은 모호했지만, 나는 왜 그게 이해가 됐던 걸까. 그에게서 포근함과 편안함이 전해졌다.

"그렇군요. 근데 그게 말이 쉽지, 지는 게 아니 믿게 하는 게 연습한다고 되기는 할까요?"

"방법은 간단해. 알고 보면 그리 어려운 일도 아니지."

"그게, 뭐죠?"

공에서 시선을 거두고 가만히 그를 지켜보았다. 그의 실루엣이 점점 제 모습을 찾아가고 있었다. 어딘가 모르게 익숙함이 느껴졌다.

"네가 먼저 믿는 거다. 너부터 믿고 달려가라. 그럼 너에게 공을 패스해 줄 거야. 그러면 받아 줄 거라 믿고, 너도 앞으로 과감히 패스해 줘라. 이 모든 것이 조합되면, 반드시 승리할 수밖에 없지."

다 맞는 말이었다. 내가 그라운드에서 공간으로 찾아가는 이유는 병주의 패스를 받기 위해서다. 병주는 늘 나에게 공을 건네주니까. 그리고 난, 몸을 돌려 인식이를 찾는다. 내 공을 받아 줄 녀석이니까.

"여기가 어딘지는 궁금하지 않니? 묻질 않는구나."

"글쎄요. 혹시 캄프 누? 바르셀로나 홈 경기장인가요?"

"음. 확실한 건 이곳도 분명 그라운드라는 거야."

어느 정도 그의 모습이 선명해졌을 때, 간절한 궁금증이 생겼다.

"저기요. 혹시 누구시죠? 혹시, 요한……."

"김선이라고 했나? 좋은 이름이군. 그라운드는 어디에나 있어. 너의 역할을 잘 생각해 봐."

남자는 어둠과 함께 사라졌고, 점점 하얀빛이 채워지기 시작했다. 눈이 너무 부셔서 질끈 감아야 했다. 다시 눈을 떴을 땐 수

많은 시선이 나를 내려다보고 있었고, 난 산소호흡기를 차고 있었다. 눈을 여러 번 깜빡거리고 나서 확인할 수 있던 건 내 손을 부여잡고 오열하고 있는 엄마와 발아래 쪽에서 멍하니 서 있던 아버지, 그리고 하얀 가운을 입은 몇몇 사람들이었다.

4. 반전은 없다

하얀 배경 속 하얀 옷을 입은 사람들 때문에 난 내가 죽은 줄 알았다. 다행히 이곳은, 내게 익숙해도 너무 익숙해져 버린 병원 침대 위였다. 두통도 사라지고 몸도 어느 정도 움직일 수 있었지만, 목소리가 나오질 않았다. 다만 '뇌출혈로 인한 부작용'이란 답을 들을 수 있었고, 난 왼손 가운데 손가락을 접어 전화기 모양을 만들었다. 엄마는 가방을 뒤져서 내 휴대폰을 꺼내 주었고, 난 기다렸다는 듯 메모장에 오랫동안 하지 못한 메시지를 남겼다.

'미안해.'

엄마는 다시 내가 정신을 잃을까 조마조마한 눈치였다. 그리고 내 옆에 쪼그려 앉아 차근차근 많은 것들을 설명해 주기 시작했다.

"맞아. 엄마 시위하러 나가고 그랬어. 엄마 요즘 시민단체에서 일하고 있거든."

정말 생소한 단어였다. '시민단체'. 이곳을 '일하는 곳'이라 표현할 수 있는 것인지조차 헷갈렸지만, 엄마의 이어지는 이야기엔 분명한 답이 있었다.

"이번에 도지사 후보로 선거에 나온 사람이 있어. 그 사람, 아빠 군인일 때 같이 일하던 사람이야. 아빠 군대에서 내쫓았던 사람."

아버지는 내게 백혈병이 처음 찾아왔던 그때 즈음에, 기밀 문건 유출로 불명예 전역을 했다. 그런데 누군가가 내쫓았다? 도통 이해가 되지 않았다.

"아빠는 세상 물정 모르는, 일밖에 모르는 사람이었어. 선이가 처음 아프다고 했을 때 그 사람이 제안을 했거든. 그때부터 일이 시작된 거야. 병원비를 마련해 주는 대신, 아빠가 기밀 문건 유출이라는 범죄를 저지르게 만들었어. 혹시나 문제가 잘못되더라도, 자신이 해결해 주겠다는 약속도 했지. 점점 믿고 기다리는 시간이 쌓이고 쌓였어. 그리고 결국 아빠가 당했단 걸 깨달았지. 뒤늦게 손쓸 방법을 생각하려 했지만, 아빤 이미 나쁜 사람이 되어 있었어. 아무것도 해 볼 수 없는 상황이었던 거야."

10년 만에 처음 듣는 이야기였다. 역시나, 반전은 없었다. 아버지는 결국 나를 위해 자신을 버리는 선택을 했던 것이다. 그런데 나는 왜, 있지도 않은 반전을 만들고 싶어 했던 걸까. 아버지가, 사랑하는 자식을 위해 그런 선택을 한 것이 어쩌면 당연한 것일지도 모르는데, 대체 왜, 나는……. 다시 휴대폰에 메시지를 썼다.

'왜 말 안 했어?"

엄마는 물어볼 줄 알았다는 듯 다시 말을 이어 갔다.

"그래. 말해 주고 싶었어. 네가 아빠를 미워하는 모습을 보일 때마다 항상 그게 아니라고, 아니라고 말해 주려고도 했어. 그런데 아빤, 너무 약해져 있었어. 아니라고 말하고 싶어도 이미 세상이 아빠를 나쁜 사람으로 만들어 버린 이후였으니까. 그리고 잘못을 하지 않은 건…… 아니었으니까. 게다가 너 때문이라고 자책할까 봐, 그런 걱정도 있었어……. 용기가 없었던 거야. 미안해, 선아."

엄만 또 눈물을 쏟아 내기 시작했다. 엄마가 눈물을 그친 뒤부터 다시 휴대폰 메모장엔 질문들이 쌓여만 갔고, 엄만 하나도 빼놓지 않고 모든 걸 말해 주었다. 아버진 창가에 서서 가만히 우리의 모습을 지켜보고 있었다.

바야흐로 10여 년 전, 아들 김선의 백혈병 판정을 듣게 된 육군 소령 김현준은 황급히 휴가 결재를 받으러 연대장실로 찾아갔다. 하루 이틀로 끝날 문제가 아니라고 생각했기에, 장기 휴가를 쓰기 위해서였다. 당시 연대장이었던 이기만 대령은 평소 착실하게 일하던 부하 장교가 장기 휴가를 쓰려는 걸 듣고 급히 그를 호출했다. 처음엔 별생각이 없었다. 그저 상황 설명을 듣기 위함이었다. 당시 이기만 대령은 자금 마련에 열을 올리고 있었는데, 장군으로 진급하기 위해선 진급 심사관들의 마음을 얻어야 했다. 돈이 될 만한 일이라면 물불 가릴 것 없이 닥치는 대로 실행에 옮겼고, 그중 하나가 '기밀 문건 유출'이었다. 무기 개발과 관련한 정보를 민간 업체에 팔아넘겨 부정 이득을 취득하는 방법이었고,

일은 순탄히 흘러갔다. 그런데 하필, 업체의 대표가 사기 혐의로 구속되는 일이 발생했다. 그 업체에 압수수색이 실시되었고, 이기만 대령은 자신의 과오가 드러날까 두려움에 떨고 있었다. 들통나기 전, 이를 떠넘길 희생양을 찾았다.

김현준의 사연을 들은 이기만 대령은 그토록 찾아 헤매던 순한 양 한 마리가 제 발로 찾아왔음을 느꼈다. 그는 평소 김현준 소령의 성격을 알고 있었다. 그가 세상 물정을 잘 모르는 사람이라는 것을. 국가에 충성하고 상관의 명령에 복종하는, 소위 말하는 'FM' 군인이었던 김현준 소령을 이용하기로 마음먹었다.

김현준에게 장기 휴가와 아들의 병원비를 보장하는 대신 문건 유출을 제안하고, 혹시나 잘못되더라도 아무 탈이 없게 처리가 될 것이라는 믿음을 주었다. 물론 김현준은 절대 받아들이려 하지 않았지만, 아들을 위해서라면 어떠한 선택도 각오해야만 했다.

아들이 죽음의 문턱에서 돌아오고서야, 김현준은 무언가 일이 잘못되었음을 확인했다. 헌병대 조사를 받게 된 것. 헌병대에서는 김현준의 행보를 빈틈없이 조사했고, 범죄 행각을 발견했다. 김현준은 있는 그대로 사실을 말했지만, 그들은 이를 믿지 않았다. 순식간에 군사 기밀을 유출한 범죄자가 되어 있었다. 헌병

대로 김현준을 찾아온 이기만 대령은 자신을 믿으라며, 아무 말 말고 끝까지 모른다고 잡아떼라는 조언을 건넸다. 당시 믿을 사람이 이기만 대령밖에 없던 김현준은 그가 시키는 대로 그저 '모른다'라는 말을 반복했을 뿐이었다. 황당했던 건, 아들의 병원비는 군인 보험으로 충분히 해결될 수 있었다는 점이었다. 김현준은 무지했던 자신의 선택에 더욱 심한 좌절을 겪게 되었다.

김현준은 심하게는 징역살이를 할 수도 있었으나, 다행히 판결은 불명예 전역으로 그쳤다. 이 역시 일이 더 커지길 바라지 않던 이기만 대령의 전략이었다. 이기만은 자신의 사관학교 동기인 헌병 대장을 만나 적절한 타협점을 제시했다. 물론 일정 금액을 건네면서.

이기만은 김현준에게 불명예 전역이긴 하지만, 공식적으로는 일반 전역의 형태일 것이며 연금까지 보전되도록 자신이 손을 썼다고 둘러댔다. '믿고 기다리면 다시 자리를 찾게 될 것이다'라는 말도 함께. 아무것도 몰랐던 김현준은 이기만에게 무한 신뢰를 보냈다. 그렇게 10년에 가까운 시간이 흘러 버렸고, 그러는 사이 이기만 대령은 정치권에 스카우트되어 승승장구했다. 뛰어난 언변과 술수로 지역구 의원을 넘어 이제 도지사 자리를 노리고 있을 정도의 권력자가 된 것이었다.

전국 청소년 축구대회가 개막할 때 즈음, 변호사 아저씨가 우리 집으로 찾아왔다. 아버지의 명예를 찾을 수 있도록 함께 싸워 보자는 이야기를 건넸다. 내가 쓰러져 입원한 이후에도 엄마가 그 일에 매달렸던 건, 나에게 아버지의 존재가 더는 부끄러운 것이 아님을 알려 주고 싶었기 때문이었다. 그것이 나를 위해 가장 큰 힘이 될 것이라고, 엄마는 생각했다.

하루 이틀이 지나니 약간 어눌하긴 했지만, 조금씩 말을 할 수 있었다. 전담 의사 선생님도 크게 걱정할 부분은 아니라며 우리 가족을 안심시켜 주었다. 응급실에서 일반 병실로 올라갈 수 있었고, 무균실이 아니어서 가족이 상주할 수 있었다. 꼭 길게 말로 해야 할 때를 빼고는 시도 때도 없이 엄마와 휴대폰 메모장으로 대화를 했다.

'엄마. 근데 변호사 아저씨는 왜 우리를 찾아왔어?'

엄마는 '그래, 그 얘기도 해 줘야지'라고 중얼거리며 내 옆에 의자를 끌고 와 제대로 자리를 잡았다.

"변호사 아저씨는 원래 검사였어. 검사 알지? 이기만 씨가 잘못한 걸 조사하고 다녔나 봐. 그리고 이 사람이 보통이 아니란 걸 알았지. 비리가 끊임없이 쏟아져 나왔으니까. 제대로 수사를 하려고 윗분한테 허락을 받으러 갔는데, 알고 보니 이 윗사람도 이기만씨랑 연이 닿아 있는 상태였어. 수사에 들어가기 전에 손을 써 버렸지. 변호사 아저씨도 억울하게 검사 자리에서 쫓겨난 사람이야. 엄마 일하는 단체도 아저씨가 직접 만든 곳이야. 주로 억울한 사람들 도와주는 일을 하지. 많지는 않지만, 월급도 꼬박꼬박 나와. 이상한 곳 아냐."

부끄러웠다. 역시나 변호사 아저씨에 대한 사연도 대단한 반전이 있던 건 아니었다. 더불어 변호사 아저씨에 대해 혼자 아무렇게나 판단해서 '미워해야 할 사람'으로 규정지어 버렸단 사실에 나 자신이 무섭게 느껴지기도 했다. 아저씨와 엄마에겐 미안했지만, 잘못된 경험 덕분에 앞으로는 설령 누군가 날 이유 없이 미워한다고 해도 끝까지 이해해 줘야겠단 다짐을 할 수 있었다.

"아빠도 이제 같이 일할 거야. 아빠는, 선이한테 부끄러운 아빠로 남지 않아야겠다고 생각하고 있어. 여러 사람 앞에서 마이크를 잡고 연설도 해. 옛날 아빠 모습 보는 것 같아. 멋져. 그리고……. 엄마랑 아빠, 같이 지낼 수도 있을 것 같아."

엄마는 조금 쑥스럽다는 듯 살짝 고개를 돌리며 말했다. 예상치 못하게 엄마의 말은 매우 반가웠다. 아버지와 다시 함께 살 수 있게 된다는 그 말이 반가울 거라곤, 한 번도 생각지 못했었다. 의도했든 그렇지 않든 변호사 아저씨는 우리 가족의 끊어진 선이 이어지도록 접착제 역할을 해 준 사람이었다. 다시 만나면, 용기 내어 사과하겠다고 생각했다.

"그런데 선아, 아마 변호사 아저씨가 선이한테 뭔가 부탁할 수도 있어."

"뭔데?"

"아빠가 하는 것처럼, 선이도 사람들 앞에서 이야기해 줬으면 하시더라고. 그날도 그 부탁하려고 만나자 했던 거야. 선이가 어떤 삶을 살아왔는지 그냥 사람들한테 들려주면 된다고 했어."

변호사 아저씨의 의도가 뭔지 대충 짐작이 되었다. 몇 달 전 기자들은 아팠던 과거와 축구 선수로서의 이력을 이용해 기사를 쓰고자 했었다. 물론 인식이와 병주가 다 막아 줬지만. 변호사 아저씨도 아마 그런 걸 원하는 것 같았다. 그런데 이번엔 거부감이 생기지 않았다. 우리 가족을 위해 할 수 있는 일이 생긴 것 같아서 오히려 의욕이 솟구쳤다.

'할래!'

난 일부러 느낌표까지 붙여 써서 엄마에게 보여 주었고, 엄마는 오랜만에 미소를 지었다. 그 미소가, 참 좋았다.

5. 완전함을 넘어선 숫자

정말 오랜만에 식욕이 생기기 시작했다. 학교 급식이나 닭갈비 볶음밥도 좋지만, 가장 먼저 떠오른 건 김치찌개였다. 그런데 괜히 말했다가 엄마가 또 신경 쓸 게 많아질 것 같아서, 속내를 꺼내지는 않았다. 엄마가 먹고 싶은 걸 물어봤을 때도 일부러 피자라고 답했다. 피자는 그냥 전화해서 주문만 하면 되니까. 그리고 나름 조화롭게 올라간 토핑들은 입안에서 맛의 홍수를 일으키기도 하니까. 그래서 사람들이 좋아하는 것 아니겠나.

오후엔 인식이와 병주가 병문안을 왔다. 그런데 놀랍게도 그들과 함께 김지윤이 함께 등장했다. 정말 예상치 못한 조합이었다. 토마토소스 대신 간장을 바른 피자 느낌이었달까. 난 웃으며 손을 흔들면서도, 궁금해 미칠 지경이었다.

"병주 야가 김지윤한테 가서 사과하드라. 니 알제? 임마 병 주고 약 주고 아이가."

"맞아. 그래서 병문안 갈 거면 나도 데려가라고 얘기했지."

"아니, 나는……. 그냥 전에 얘가 너 병문안 왔었다고 말했던 게 생각이 나서……."

천하의 윤병주가 부끄러워하고 있었다. 대체 내가 정신을 잃었던 동안 무슨 일이 있었던 것인지. 신선한 조합이 신기하면서도 보기에는 참 좋았다. 셋은 서로 자기 말을 하느라 정신이 없었다. 대꾸할 수 없는 나임을 알면서도 셋은 계속 이야기보따리를 풀어놨다.

"김선, 근데 얘네 둘 너 없으면 말 한마디도 안 하는 거 알아?"

"우리가? 하긴 얘랑은 먹는 거부터 맞는 게 거의 없긴 해."

"그건 내도 인정. 근데 썬, 니 자리에 김지윤이 치고 들어와

뿌따. 우짜노."

"완전히 차지해 버린 건 아니고, 그냥 없는 동안 채워 주고 있는 거야. 너희, 선이 없으면 밥도 제대로 못 먹잖아!"

도저히 적응이 되질 않았지만, 흐뭇하긴 했다. 셋은 안 어울리는 듯 은근 쿵짝이 맞는 모양새였다. 진짜 간장 바른 피자를 먹어 봐야겠단 생각이 들 정도로. 얘네들은 뭐가 그리 신났는지 빡빡머리인 나를 데리고 사진 수십 장을 찍었다. 카메라 어플리케이션을 활용해서 다양한 헤어 스타일을 완성해 주기도 했다.

김지윤의 밝은 얼굴은 처음 보는 것 같았다. 공부밖에 모르던 아이에게 우리의 세상은 신기하고 궁금한 영역이었던가 보다. 앙글방글 웃는 모습이 처음 놀이공원에 간 어린아이 같았다. 김지윤은 공부 잘하는 것 말고는, 우리와 다르지 않았다. 열아홉. 꿈도 많고 걱정도 많은 그 나이를 살아 내고 있는 평범한 친구였을 뿐.

"아, 맞다. 담임쌤이 너 전해 주라고 했어."

김지윤이 가방에서 편지 한 통을 꺼내 내게 건넸다. 담임 선생님. 아무것도 쓰여 있지 않은 노란 봉투가 이상하게 슬퍼 보였다. 내가 자꾸 봉투를 만지작거리고 있으니까 셋은 슬슬 자리에서 일어났다.

“맞다, 썬. 너 몸 나아지면 3, 4위전 보러 와라. 그땐 이기는 거 보여 줄게.”

“그래, 내 득점왕 되믄 아빠는 외계인 쏠 끼다. 꼭 봐라잉.”

셋은 들어올 때처럼 환하게 웃으며 병실을 나섰다.

선이에게

선아. 여러 가지 검사도 하고, 약도 챙겨 먹어야 하고, 고생이 많지?

학교는 여전해. 늘 시끌벅적하고, 정신이 없어.

그래도 우리 반 친구들은 너의 이름이 언급되면

다들 걱정하는 눈치야.

스포일러는 하면 안 되지만,

뭔가 이벤트를 준비하는 것 같기도 해,

선이가 평소에 친구들 사이에서 인기가 참 많구나, 싶었어.

얼마 전 너의 몸 상태를 처음 듣게 되고

선생님은 정말 마음이 아팠어.

말로 표현할 수 없을 정도로 정말 가슴이 찢어지는 것 같았지.

선생님이 되고 나서 항상 느끼는 건데,

학생들은 정말 학생이란 이유만으로

충분히 사랑받아 마땅한 존재라고 생각해.

너도, 나한텐 그런 존재야.

그런 네가,

그것도 큰 병에 걸렸다는 이야기를 들었을 때

얼마나 슬펐는지 몰라.

그런데 선아,

선생님은 분명 선이를 아끼고 사랑해.

그래서 나 말고도 세상 모든 사람들의 사랑을 받았으면 좋겠어.

사실 너뿐만 아니라 모든 학생들에게 똑같은 마음을 가지고 있지.

선생님은 학생에게 사랑받고 싶은 게 아냐.

그랬다면 네가 어떤 잘못을 하든

'괜찮다, 그럴 수도 있지, 그 정도 가지고.'

이런 얘길 했을 거야.

그런데 선생님은 아냐.

사랑하니까,

그 사랑을 온전히 받을 수 있도록

잘한 건 잘했다고, 잘못한 건 잘못했다고

분명히 알려 주고 싶었어.

지난 위원회에서의 선생님의 발언 때문에

선이의 마음이 상했을 수도 있겠다는 거, 인정해.

그렇지만 그건 선이를 미워해서 했던 말이 아냐.

선이를 진정으로 위하고 있으니까,

잘못한 부분에 대해서는

꼭 알았으면 하는 마음이었어.

선생님도 이번 생애 선생님은 처음이라,

부족한 면이 참 많지?

항상 미안하고, 고맙고 그래.

얼른 회복해서 다시 만나자.

기도하며, 기다릴게.

-선이를 정말 아끼는, 담임 선생님이.

이튿날, 김지윤이 문자 메시지로 인터넷 주소 하나를 보내 주었다. 다른 말은 없고 딱 주소만 있었다. 링크는 유튜브에 게시된 영상으로 연결되었고, 영상의 제목은 '백혈병 환우 돕기'였다. 정말 김지윤답게 정직한 제목이었다. 영상 자체도 초보자 수준이었다. 편집 프로그램 없이 휴대폰만으로도 충분히 제작 가능한 정도였달까. 똑똑한 것과 공부 잘하는 건 별개일 수 있겠다는 생각이 들긴 했지만, 김지윤의 정성을 생각해서 영상을 끝까지 시청했다.

영상엔 나를 포함한 백혈병 환우들 열한 명의 모습이 담겨 있었다. 초등학생부터 어른까지 나이대가 다양했다. 한 명 한 명의 사연들이 소개되었다. 인터뷰 형식으로 진행되었는데, 모든 사연엔 김지윤의 목소리가 담겨 있었다. 환우들을 일일이 찾아다니며 인터뷰를 한 것 같았다. 부지런한 것과 공부 잘하는 것의 상관관계를 떠올릴 무렵, 마지막 내 모습이 등장했다. 나의 인터뷰는 없었다. 인터뷰 대신, 내 사진들과 함께 김지윤의 목소리가 내레이션으로 흘러나왔다.

선이는 우리 학교 축구부 선수입니다.

공을 찰 때면 항상 바보같이 웃습니다.

즐거워 보입니다.

그런 선이가,

지금 많이 아프다고 합니다.

그런데 그 웃음,

여러분이 되찾아 주실 수 있습니다.

나도 처음 보는 내 사진들로 가득했다. 그리고 김지윤의 목소리처럼 정말 바보같이 웃고 있었다. 인식이와 병주 휴대폰에 저장된 사진들 같았다. 좀 멋진 사진들로 올려 줄 것이지. 그래도 기분은 좋았다. 고맙기도 했다. 큰 고민 없이 '백혈병 환우들을 위한 모금'이라 말했을 뿐인데, 그걸 기억하고선 일일이 환우들을 찾아다니며 인터뷰까지 했다는 게 대단하단 생각이 들었다.

나는 열아홉 살이다. '10'이라는 숫자가 완벽함을 표현하는 숫자인 것과 달리, '9'라는 숫자는 어딘가 모르게 불안하게 느껴질 때가 많다. 오죽했으면 어른들의 세계엔 '아홉 수는 삼재'라는 말이 있을 정도니까. 열아홉, 스물아홉, 서른아홉 모두 인생의 고비가 된다는 의미이다. 그런데 누구나 지니고 있을 불완전성을 극복할 수 있는 건, 개인의 노력이나 힘만이 아니었다. 아니, 그것만으로는 턱없이 부족하다. 인간은 절대 이 세계를 혼자 살아갈 수는 없다.

어쩌면 우리의 삶은 축구 경기와 닮아 있는 것인지도 모른다. 90분이라는 불완전한 시간 동안 펼쳐지는, 치열한 승부의 세계. 다행히 그 세계에선 나와 함께 싸워 주는 이들이 열 명이나 더 존재한다. 다 합치면 우린 모두 열한 명이다. 완전함을 넘어선 숫자, '11'. 그래서 우린 이겨 낼 수 있다.

지난 몇 주는 열아홉 내 인생에서 가장 길고도 험한 순간들이었다. 소중한 사람들을 잃을 뻔했고 무엇보다 나를, 나 자신을 잃을 뻔했다. 하지만 그 덕분에 가장 행복한, 소중한 장면들이 쌓이고 또 쌓였다. 그리고 이제 더는 미워하느라 내 삶을 낭비하지 않기로 굳게 다짐할 수 있었다. 역시 축구계 명언처럼 위기 뒤엔 기회가 찾아오기 마련이다.

그라운드 위에서 패스를 받고, 또 패스를 건네주던 것처럼 앞으로 끊임없이 펼쳐질 인생의 그라운드를 치열하게 살아 낼 것이다. 나의 동반자들과 함께. 내 이름 '선'이라는 말처럼 사람들을 단단하게 이어 주는 그런 삶을 살아 보려 한다. 요한 크루이프가 내게 말하지 않던가. 그라운드는, 어디에나 있다고.

에필로그

여러 달이 지났다. 난 여전히 통원 치료를 받고 있다. 세 번째 공고항암 치료다. 뇌출혈로 인한 언어 장애는 다행히 완벽하게 치료되었다. 최대한 안정을 취하고 꾸준히 산책을 하며 몸과 마음을 다스리는 중이다.

그러는 동안 친구들은 모두 졸업을 했다. 사실 인식이는 졸업하기도 전에 벌써 프로 팀에서 데뷔 경기를 했다. 3, 4위전 해트트릭으로 전국대회 득점왕을 차지한 인식이는 여러 프로 팀의 주목을 받았다. 그중 인식이가 선택한 팀은 우리가 고등학교 3년 내내 응원했던 팀이다. 사실 별다른 이유는 없고, 그냥 연고지가 가까워서 좋아했던 것이긴 하지만. 딱 2분 정도 출전했는데 텔레비전 화면에도 잡혔다. 비록 정규리그가 아닌 친선전에 불과했지만 위아래로 파란 유니폼을 입은 인식이는 평소와 사뭇 달라 보였다. 어른 같았다. 멋진 어른. 다만 새로운 팀엔 진짜 어른들이 너무 많아서, 인식이는 적응하는 데 어려움을 겪고 있다. 밤마다 전화를 걸어선 신세 한탄을 했다.

“내 뭐 하다 전화하는 줄 아나? 빨래다, 빨래! 원래 막내가 이기를 다 하는 거라대. 공 차는 거보다 빨래를 훨 마이 한다. 니는 프로 오지 마라. 억쑤로 힘들데이.”

매일 주제가 달랐다. 빨래, 훈련 장비 정리, 물 나르기, 원정 숙소일 땐 선배들 아침에 깨워드리기 등. 그저 투정 정도로 여겼다가도 자세한 이야기를 들으면 식겁할 때가 있었다. 어른들의 세계는 생각했던 것보다 묘하고 복잡했다. 그래도 인식이는 절대 그만두고 싶단 말은 안 했다. 오히려 실력으로 선배가 되겠다는, 강력한 의지를 비쳤다. 선배의 의미를 설명해 줄까 하다가 그냥 응원해 주고 말았다. 동갑내기 친구가 기특하게 여겨질 줄은 몰랐는데, 잘 버텨 내는 녀석의 이야기를 듣고 있으면 가서 머리라도 쓰다듬어 주고 싶어졌다.

병주는 생각지도 못한 유럽 진출을 해냈다. 영국이나 스페인 같은 빅리그는 아니었지만, 병주 설명에 의하면 '이곳에서 잘하면 프리미어리그도 갈 수 있는' 곳이라고 했다. 스웨덴 리그 소속 팀이었는데, 너무 잘하는 팀에 가면 경기도 못 뛴 채 후보로 밀릴 수 있어서 고심 끝에 결정한 선택이었다. 이제 인터넷에서 '윤병주'를 검색하면 사진과 함께 등장할 정도다.

정말 깜짝 놀랐던 건 병주네 온 가족이 스웨덴으로 이민을 갔다는 것이다. 병주네 아버지 회사에는 해외로 파견을 나가는 시스템이 있는데, 아마 이것도 병주가 고민하는 데에 영향을 미친 것 같았다. 여러 선택지 중 겹치는 나라가 스웨덴밖에 없었다고 했다. 더군다나 병주 동생은 아직 중학생이어서 공부하기에 좋은 환경도 고민해야 했고, 모든 것을 종합했을 때 아주 탁월한 선택이 되었다. 병주는 1월이 되어야 1군 경기에 뛸 수 있다고 했다. 뭐, 유럽의 시스템이 그렇다고 한다. 그래서 지금은 유소년 팀에 합류해 있는 상황인데, 병주는 그곳 유소년 선수들보다 우리 학교 선수들이 실력이 더 뛰어나다고 했다. 직접 붙어 보지 않아서 모르겠지만, 병주를 뚫는 공격수가 한 명도 없다고 한다. 병주는 다른 건 힘든 부분이 전혀 없는데, 스웨덴어 공부가 너무 어려워서 고생이라고 했다. 팀에서 전담 통역사를 붙여 줬더라도 팀원들과의 소통을 위해 기본적인 대화는 할 수 있어야 하는데, 너무 어려워서 그 기본조차도 못할 지경이라고. 다행히 가족들이 함께 이민을 간 것이어서 음식 문제나 향수병 같은 건 없었다. 병주는 분명 잘 해내고 있었다.

김지윤은 원래 판사가 되는 게 꿈이었다고 한다. 그런데 갑자기 꿈이 바뀌었고, 그건 내 영향이 매우 컸다. 유튜브에 올렸던 그 허접한 영상이 조회 수가 30만을 넘은 것이다. 기술적으로는 형편없었지만, 김지윤의 진심과 정성이 통했던 것 같다. 김지윤은 부족한 부분을 채우기 위해 영상미디어학과에 진학했다. 다큐멘터리 PD가 되겠다는 새로운 목표가 생겼다. 사실 법대에 진학하지 않는다고 말하면 엄마가 반대하실까 봐 크게 걱정했는데, 오히려 처음으로 자기 딸이 하고 싶은 걸 이야기했다며 동네방네 자랑하셨다고 한다.

요즘 인식이와 병주의 빈자리를 가장 많이 채워 주는 게 김지윤이다. 봄이 오고 꽃이 피면 보고 싶어도 못 볼 거라며 거의 이틀에 한 번꼴로 집에 놀러 오고 있다. 김지윤은 서울에서도 손에 꼽히는 대학에 합격했다. 갑자기 꿈이 바뀌었는데도 워낙 공부를 잘하던 애라 진학 준비엔 별 어려움이 없었다고 한다. 김지윤은 만날 때마다 꼭 묻는 것이 있다.

"김선, 오늘 뭐 할래? 하고 싶은 거 없어?"

고등학교 졸업과 대학 입학 사이의 시기는 삶에서 유일하게 하고 싶은 것만 할 수 있는 시기라고, 김지윤은 말했다. 그래서 매일 같이 날 찾아오는 거라고도 했다.

"야, 근데 넌 나 말고 친구가 없냐? 어떻게 맨날 찾아오냐?"

"맨날은 아니거든? 그리고 너도 알잖아. 나 엄청 싸가지 없어서 3년 내내 친구 없었어."

듣다 보니 의아했다. 친구도 없는 애가, 반장이라니.

“아니, 근데 반장은 어떻게 된 거야? 친구도 하나도 없는 애가? 먹을 걸로 꼬셨어?”

“너 반장 선거하는 날 없었구나. 담임 선생님이 선거하기 직전에 엄청 까칠하게 말씀하셨어. 반장을 그저 대학 가는 데 써먹을 목적으로 하려면 절대 하지 말라고. 자기는 그런 스타일 절대 아니니까, 엄청나게 괴롭힐 예정이라고. 뭐, 그랬었지.”

“그래서, 너 혼자 출마했어?”

“맞아. 심지어 부반장은 아무도 안 하려고 해서 선생님이 부반장은 별것 안 시킬 수도 있다, 이렇게 달래 주셨거든. 그랬더니 애들이 왕창 나왔지.”

김지윤도 나름 우여곡절이 많은 녀석이었다. 어쩌면 김지윤이 우리네 십 대들의 모습을 가장 정확히 보여 주는 그런 친구란 생각도 들었다. 축구부인 나와 인식이, 병주와는 다른, 그런.

“그나저나, 담임이 괴롭힌다고 했는데도 넌 왜 했어? 공부하느라 바빴잖아.”

“반장 노릇을 한다고 공부를 못 하면, 반장 안 해도 결국 못 하는 거야. 다 핑계지. 난 자신 있었어. 그까짓 거 뭐가 힘들다고.

그리고…….”

“그리고 뭐?”

“그래, 내가 이제 와서 뭘 숨기냐. 솔직히 반장 되면 친구 좀 생길 줄 알았지. 친구는 개뿔 애들 사이에 더 까칠한 애로 소문만 났어. 내가 너무 어렸는지……. 다가가는 법을 몰랐던 것 같아. 괜히 애들한테 가서 시비나 걸고. 물론 이젠 괜찮아!”

갑자기 난 웃음이 터져 나왔다. 갑자기 너무 자라 버린 친구의 모습이 낯설면서도, 재밌었다.

“너 아직 1년도 안 지났는데 엄청 옛날얘기처럼 말한다. 어른인 척하고 싶냐?”

“뭐래. 너나 얼른 커서 이 누님 좀 모셔라!”

“내가 널 왜 모시냐? 병주가 잘 모시겠지!”

내가 갑자기 김지윤에게 왜 병주 이름을 언급한 것인지 나도 정말 놀랐다. 아무래도 마음속에 감춰져 있던 이야기가 절로 터져 나온 것 같았다.

“윤병주? 갑자기 걔가 왜 나와?”

“아니…… 그냥, 나는 병주가 너를 좀 좋아하…….”

“야! 그 입 안 다물래?”

김지윤이 화가 난 듯 소리를 질렀다. 강한 부정은 긍정이란 말이 떠오르기도 했지만, 이어지는 김지윤의 말은 꽤 설득력이 있었다.

"나는, 잘 웃는 사람이 좋아. 보고 있으면 나까지 행복해지는 사람. 그런 사람이 있긴 한데……. 여하튼 윤병주 걔는 너무 화가 많아. 안 그래?"

김지윤의 이야기를 듣다가 새삼스러운 생각이 떠올랐다. 이렇게 가까운 사이가 된 것도 신기하지만, 더 놀라운 건 예전에 알던 김지윤의 모습이 이제 더는 없다는 점이다. 냉소적인 얼굴로 주변을 모두 차갑게 얼려 버렸던 김지윤은 이제, 완전 말괄량이가 되어 버렸다. 김지윤은 이제 어른이 된 것이라고, 나는 그렇게 생각했다.

졸업식 하루 전날 학교에 갔다. 담임 선생님을 만나고 싶었다. 불행인지 다행인지 선생님은 자리에 계시지 않았다. 졸업식 준비를 하느라 교무실엔 선생님들의 빈자리가 많았다. 난 조용히 선생님 책상에 편지 한 통을 올려놓고 나왔다. 편지를 받았으니 답장을 쓰는 건 당연한 도리일 테니까.

선생님께

선생님, 저 선이에요.

잘 지내셨죠?

저는 여전히 병원을 오가며 치료에 전념하고 있어요.

아픈 건 덜 해요. 적응이 돼서 괜찮아요.

혼자인 게 참 좋았던 저였는데,

지내면 지낼수록 심심하고, 가끔은 외롭기도 해요.

학교 다닐 때가 정말 좋았던 것 같아요.

사고도 치고 혼도 나고

저한텐 분명 추억이었는데, 선생님껜 어떤지 모르겠네요.

선생님!

저 학교 다니면서 공부는 제대로 안 했지만,

그래도 선생님 수업은 열심히 들었거든요.

선생님이 해 주신 말씀 하나도 안 빼먹고 다 기억해요.

그리고 편지에 써 주신 이야기도.

좋은 사람 될게요.

말이 이상할지 모르겠지만,

사랑하는 사람을 사랑해 주는 게

어떤 의미인지

이제는 알 것 같거든요.

자신감이 생겼어요.

좋은 가르침 주셔서 감사해요.

멋진 어른이 되어서,

다시 찾아올게요.

그때까지 건강하세요.

-세상 누구보다 멋진 선생님께,

김선 올림.

변호사 아저씨는 여전히 이기만 대령, 아니 이제 이기만 지사와의 전쟁을 이어 가고 있다. 변호사 아저씨를 필두로 많은 이들이 그의 당선을 막고자 했지만, 결국 실패로 돌아갔다. 대신 변호사 아저씨는 정치권에 스카우트되었다. 정당에 소속된 의원으로 활동하면서, 온갖 비리들을 척결하고자 애쓰고 있다. 한때 아저씨를 미워했던 게 정말 후회될 정도로, 아저씨는 멋진 일을 많이 하고 있다. '진돗개 의원'이란 별명도 생겼다. 한 번 물면 놓지 않는다는 의미였다. 실제로 부동산 개발 사업으로 수백 억을 챙긴 유명 인사도 잡혀 들어갔고, 자식의 생활기록부를 조작한 모 대학 교수도 비리 혐의로 체포되었다. 다 아저씨의 공이었다. 진돗개 의원님은 대한민국에서 가장 위대한 정치인이자, 정의의 사도였다.

그리고 그분의 빈자리는, 아버지가 물려받았다. 아버지는 시민단체의 대표로 활동하는, '시민운동 활동가'가 되었다. 덕분에 엄마는 집안 살림과 내 치료에만 신경을 기울일 수 있게 되었다. 우리 가족은 10년 전 그때로 돌아갔다. 이젠 셋이 모여 앉아 식사도 하고, 이야기도 나눈다. 아버지는 무분별하거나 불법적인 시위를 하진 않았다. 대신 일반 시민들의 억울한 사연을 접수하고, 그 안에 불법적인 움직임이 포착되면 물불 가리지 않고 덤벼들었다. 변호사 아저씨가 이끌 때보다 단체의 규모도 훨씬 커졌고, 가끔 인터넷 뉴스에 아버지 기사가 실리기도 했다. 언젠가 아버지 기사에 댓글을 살펴보다 깜짝 놀란 적이 있다. 예상외로 많은 사람이 아버지를 응원해 주고 있었기 때문이다.

'김현준 씨, 당신의 진심을 응원합니다.', '이게 진짜 시민단체지. 힘내십쇼!'와 같은 댓글들이 달려 있었다. 솔직히, 나도 댓글을 단 적이 있다. 아버지가 꼭 보길 바라면서.

'세상에서 가장 위대한 선수이자 감독이었던 요한 크루이프도, 잠시 방황했던 적이 있습니다. 방황을 마치고 다시 축구계를 빛냈지요. 잘 돌아오셨어요. 나의, 영원한 크루이프여!'

지금은, 윤현석 선생님 묘소에 찾아가는 중이다. 혼자 가려고 했는데 굳이 따라가겠다고 난리를 피운 김지윤은, 지금 버스 옆자리에서 꾸벅꾸벅 조는 중이다. 솔직히 가서 무슨 얘기를 할지는 아직 모르겠다. 그래도 가야만 할 것 같았다. 막상 가면 또 얘깃거리가 생각이 나지 않을까 싶다.

버스가 터널에 들어가자마자 창에 비친 내 얼굴과 눈이 마주쳤다. 언젠가 까만 화면 속에 놓여 있던 그 얼굴과는 좀 다르다. 지금 훨씬 더 야위었지만, 그래도 더 밝은 표정이다. 난 그 얼굴에게 약속했다. 시간이 좀 걸릴지 모르겠지만, 다시 그라운드로 돌아가겠다고. 그리고 그 얼굴은 나를 지켜 주는 수많은 크루이프가 무사히 이끌어 줄 테니 절대 걱정할 필요 없다며, 내게 미소를 띄워 주었다.

작가의 말

소설이 쓰고 싶었다. 그런데 재능이 없던 탓일까, 글자들은 허공에만 떠돌다 어디론가 떠나 버렸다. 그러다 문득 소설이란 무엇일까를 고민하게 되었고 답도 비교적 금방 찾을 수 있었다.

'소설은, 또 다른 세계이다.'

또 다른 세계에 진입하기 위해 나는 나의 현실을 잠시 벗어나기로 했고, 그렇게 작가로서 새로운 이름을 찾아내기로 했다. 소설의 세계로 진입하는 티켓 같은 느낌이었달까? 그렇게 생겨난 이름이 '기특'이었다. 그리고 그 덕분인지, 글자들은 자리를 찾아 하나둘 배열되기 시작했다.

소설을 쓴다는 건 내게 새로운 세계의 창조가 아닌 '발견'이다. 이미 세계 안에 선이도 있었고, 병주와 인식이도 있었다. 난 소설을 쓰는 동안 언제나 그들과 함께였다.

세계 안에서 처음 선이를 만났을 때 느낀 감정은 아픔 그 자체였다. 선이는 몸도 마음도 모두 아픈 아이였고 그건 내가 어찌할 수 있는 종류의 것이 아니었다. 나도 그저 아파하고, 슬퍼하는 것밖에는……. 그런데 놀라웠던 건, 선이에겐 그 아픔을 공유할 수 있는 소중한 이들이 정말 많았다는 것이다. 늘 그 자리에 있었음에도 인지하지 못했을 뿐.

어디에나 그라운드가 있지만, 그 싸움은 혼자만의 것이 아니다. 언제나 함께 달려 주는 동료들이 있다. 이 땅의 청소년들에게 그 사실을 꼭 알려 주고 싶었다. 선이에게 친구들, 그리고 선이를 지켜 주는 수많은 이들이 존재하듯 우리 곁에도 우릴 걱정하고 아껴 주며 사랑을 전해 주는 사람들이 있다는 걸 말이다. 여러분은 절대 혼자가 아니다.

혹시라도 삶 속에서 지치거나 힘든 순간이 오게 되더라도 절대 쓰러지지 않았으면 좋겠다. 아니, 그럴 수 없을 것이다. 누군가가 반드시 여러분의 손을 잡아 줄 테니.

선이의 이야기를 세상 밖으로 끌어올려 준 숨쉬는책공장에 고마움을 전하며, 이제 나는 또 다른 세계를 찾아 헤맬 것을 약속드린다.

2023년 여름, 기특.